おいしくな〜れ
萌え萌えキ
KIYOSATO

CHARACTERS

清里芽衣

[きよさと　めい]

私立赤川学園中等部３年A組所属。
明るく元気でハイスペックな、
我らの委員長。
みんなを笑顔にするのが夢！

品川未春

[しながわ　みはる]

私立赤川学園中等部３年A組所属。
愛称はみーちゃん。
芽衣の親友で、内気な大人しい性格。
けれど、しっかり者で頼れる
クラスの副委員長。

三鷹 望

[みたか　のぞむ]

私立赤川学園中等部３年A組所属。
愛称はゾムくん。
おバカでスケベだけど、
純真で仲間想いなイイ奴。
サッカー部のキャプテンで、
女子にもモテモテらしい。

大森朝陽

[おおもり　あさひ]

私立赤川学園中等部３年A組所属。
文武両道なクール系イケメンで、
大人びた印象の持ち主。
ただ皮肉屋で毒舌家な一面も。

大手町梨々子

[おおてまち　りりこ]

私立赤川学園中等部３年B組所属。
天然気質のゆるふわ系美少女！
隣クラスの人気者な彼女だが、
実はゾムくんを狙ってるとか……？

Who decided that I can't do romantic comedy in reality?

現実でラブコメできないとだれが決めた？ 4

SO HAJIKANO PRESENTS
初鹿野 創
ILLUST.=Kuro Shina
イラスト＝椎名くろ

プロローグ

現実でラブコメできないと──

Who decided that I can't do romantic comedy in reality?

「え?」

曇天の下、無人の屋上。

轟《とどろ》いた校内放送の、その意味が理解できずに、俺は歩みを止めた。

『──繰り返しお伝えします。信任票232票。不信任票247票。無効票475票により、塩崎《しおざき》生徒会長候補は、不信任となりました』

ザワザワ、ザワザワ。

遠くに聞こえていたはずの喧騒《けんそう》が、今は耳障りなほど大きく聞こえていた。

──不信任?

不信任って、え?

なんで……?

『えー……極めて稀《まれ》なケースですが、生徒会選挙規定に則《のっと》ると、副会長として信任された2年7組の貢川由美《くがわゆみ》さんが繰り上がり当選となります。ただし——』

「ちょ、ちょっと待て！」

俺は放送を打ち消すように叫ぶ。

な、何が起こった!?　どうしてただの信任投票で、今まで一度だって不信任なんて出たことのない投票で、こんなことになる!?　塩崎先輩の公約がそこまでネガティブに捉えられてたってことか!?

いや、待て、そうじゃない。おかしいのはそこじゃない！

無効票の数だ！

不信任が多数ってだけなら、まだわかる。みんな塩崎先輩の公約にNOを突きつけたってことだから、それなら納得もできる。

でも、無効票が圧倒的多数って、どういうことだ？

誤字とか記入ミスが頻発した……いや違う、投票用紙は信任か不信任かどちらかに『○』をつけるだけのものだった。間違えようがない。

ふざけて『×』とか書く輩《やから》がいないとも限らないが、それにしては数が多すぎる。なら単に集計ミスか？　いやでもこれだけあれば再確認くらいはしそうなものだし——。

「……もし」

仮に。仮にだ。
この、無効票こそが、本当の全校生徒《みんな》の意思、だとしたら。
その意味は。
「どうでもいい、勝手にやってろ——とでも、言いたい、みたいじゃないか……」
ずくん、と胃のあたりが重くなる。
あのオンライン質問会を、塩崎《しおざき》先輩の演説を。
先輩たちの熱い想いを、主張を聞いて、見て。
それでも、まだ。
「どうして……みんな、そんな冷めてんだよ……」
なんでそこまで無関心でいられるんだ？
なんであの輝かしい人たちに影響を受けないんだ？

なんで……こうも。
現実は、ラブコメみたいに、綺麗《きれい》にハマらないんだ……？

「——ああくそっ！」
俺はバシン、と両頬《ほお》を叩《たた》く。

「落ち着け……！　とにかく、これからどう動くか考えないと……！」

そうだ。こんなところで、のんびりしてる場合じゃない。

まずは情報を集めて、原因の究明だ。その上で対応方針を考えて、必要なら何かしら〝イベント〟を打たないと。

「認めない、認めないぞ。俺はこんな現実を――」

「――認めるしか、ないんだよ」

――ふと。

入り口から、声。

ここは一般生徒の立ち入れない屋上。

だからここに来るのは、いつだってあいつだけ。

「上――」

いや。

違う。


俺は振り返って、見る。

サラサラの黒髪。規定よりも少しだけ短くしたスカート。ほどほどに着崩された制服に、肩口で切りそろえられた髪は、ストレートのボブカット。

そして、右目の下には、トレードマークの涙ぼくろ。


「――き、よさと、さん？」


そう、そこには。

俺の〝計画〟の〝メインヒロイン〟が。

いつもの笑顔を、浮かべることなく。

冷たく、凍ったような、無表情で。

その右耳に、髪をかけてから――。

口を開いた。

「これ以上、君の求める現実《りそう》に希望《さき》はないの。だから全部、ここで終わりにしよう」

本編・プロローグ

現実の結末

Who decided that I can't do romantic comedy in reality?

あの日。
私の下駄箱の手紙から始まった、この現実。
私が、始めずに済ませたかった、この現実。

……たぶん、きっと。
すごく楽しくて、何より輝かしくて、最高に満ち足りていて。
そして――。

みんながずっと、笑えるような。
そんな理想の、現実《フイクション》を――。
現実《ノンフイクシヨン》に、書き直《か》そう。

◆

「どう、して、ここに……？」

ぽかんとした顔で、私を見る長坂《ながさか》くん。

選挙結果に戸惑う幸《さち》先輩の元を去り、こうして屋上にやってきた私は、全て予想した通りに進んでしまった現状を思い、きゅっと唇を噛《か》んだ。

やっぱり……こうなっちゃうんだよね。

こうしてまた見えてしまった現実の姿に、心底嫌な気分になる。

そんな状況を招くしかなかった自分が、本当に許せない。

……いや、違う。ダメだ。

そんな風にいくら自虐《じぎゃく》していても、私の目的は果たせない。

この状況を利用するのが最善だったのだから、それを選ぶと決めてしまったのだから、今更泣き言を言っていいわけがない。

でないと、笑えなくしてしまった人に、笑えなくするしかない人に、申し訳が立たない。

だから、私は――心を凍らせて。

諸悪の根源と、対峙《たいじ》する。

「数字ってわかりやすいよね。現実をハッキリ教えてくれるから」

「え……」

「長坂《ながさか》くんが、それを一番よく知ってるんじゃない？」

はっ、と目を見開く長坂くん。

数字――つまり、客観的な情報《データ》。

長坂くんは情報《それ》の扱いが卓越していると、私は幸《さち》先輩から聞き出していた。

それでやっと、私がずっと彼に感じていた違和感――。

彼を普通じゃない人に仕立て上げていた、その理由を理解した。


――私が見てきた長坂くんは、常に最善の選択ばかりしていた。

小さなことで言えば、だれかと雑談をする時。その人が絶対に興味を持つ話題をさりげなく取り出してきて、その人が気持ちよく感じるよう会話を展開する。

私なら小説の話だし、常葉《ときわ》くんならスポーツ。鳥沢《とりさわ》くんだと、刺激的で挑戦的な話題、みたいな。もちろん話しぶりやトーンなんかも、その人向けに細かく調整して。

そしてそれを、クラス全員――ううん、もっと多く、それこそ学年全員にできるんじゃないか、ってくらい幅広い相手にやっていた。

他にも、だれかが自分の在り方に迷った時には『こうだったら一番いいのに』って願望を見抜いて実現の道筋を示したり、周りに働きかけたりもしていた。

それが一番目立ってたのは、あゆみのトラブルの時。最も身近な友達であるひびきちゃんですら見えてなかったあゆみの本質を、長坂くんは全て見抜いて最善の解答を提示してみせた。

そしてあれだけまとまりを欠いていたクラスに、その最善《こたえ》を認めさせた。

無駄なく確実に、一番の正解ばかりを選び出し、実行する。

そんなことができる人は——間違いなく、普通じゃない。


でも私には、長坂くんがどうして普通じゃないのかがわからなかった。

だって、常葉くんみたいに人の心の機微に聡《さと》いタイプでもなければ、彩乃《あやの》や鳥沢くんみたいに頭の回転が早いタイプでもない。本質的にはあゆみに似た、素朴で実直な人だと思ったから。

だからそんなことができるのがずっと不思議で、行動が予測できない理由でもあった。

まずそこを解き明かさないと、どう対処すべきかわからない——そう思った私は、彼が何を考え、どう動くのか注視したり、彼と関わりのある人に秘密裏にコンタクトを取って、彼がどんな人か尋ねて回ったりと情報収集に明け暮れた。

——そして、選挙前。

なぜだか交流を持ち、仕事の手伝いまでしているという幸先輩から、彼の評を聞いて。

同時に、彼の特技が調べ物だと聞いたことを思い出して、直感的に理解した。

長坂《ながさか》くんは――事前に集めた情報を巧みに利用して、最善の選択を先回りしていたんだ。

だとすると、今までの不自然なまでに最適化されていた行動に説明がつく。

とはいえ『言うは易く行うは難し』というやつで、本当にそんなことできるのかって気はするけど……突き詰めれば、できなくはないのかもしれない。たくさんの時間を費やして、それだけに特化すれば。

いずれにせよ、情報《データ》こそ彼が普通じゃない人になるための武器であり、彼の強さの源泉だと、そう結論づけた。


――だから、私は。

長坂くんの頼りにする情報――それを、あえて与えることによって。

現実を理解してもらうことにしたのだ。


「――その数字が証拠だよ。この学校の大半の生徒――〝普通の人たち〟は、今回の茶番劇を見せられて冷めちゃったんだって」

「茶番……劇……？」

忙《せわ》しなく目を泳がせていた長坂くんが、その動きをぴたりと止める。

「私が聞いた限りだと『勝手に盛り上がってる感じが引く』『人を巻き込まないでほしい』『当選してもしなくても面倒そう』『終始どうでもいい』――」

「……」

「『漫画の読みすぎ』」

その言葉を聞いた長坂くんが、ぎゅっと拳《こぶし》を強く握りしめた。

私は、その反応を見逃さない。

――やっぱり、それが。

普通じゃない君が思い描く、理想の行き先――なんだね。

心中で歯噛《が》みしてから、努めて冷静に話し続ける。

「塩崎《しおざき》先輩の熱演は届いてないどころか、逆効果だったみたい。みんなあれを聞いたせいで、一気に白けちゃった」

「……」

「幸《さち》先輩のオンライン質問会もね。初めはみんな物珍しさで楽しんでたみたいだけど、冷静に考えたら『ただの点数稼ぎじゃん』って思ったらしいよ」

「……っ」

「それどころか『メンヘラ』だとか『構ってちゃん』だとか叩《たた》いてる人もいた。幸先輩のことなんて何も知らない、無関係な人たちがね。他にも――」

「き、清里《きよさと》さん！」

私の声に被せるように、長坂《ながさか》くんが耐えきれないとばかりに声を張り上げた。

それからすぐにハッとした顔になって、口をモゴモゴと動かす。

「あ、清里さん、は……その……」

うん……？

「なんで……みんながどうとか、急に……？」

その質問は曖昧《あいまい》で、いまいち要領を得ていなかった。たぶん混乱していて、思考の整理が追いついていないんだろう。

ただ、長坂くんが知りたいことの予想はつく。

「私はね。長坂くんたちがやってることの末路がどうなるのか、それを知ってもらいたかったの。だからこうして、教えに来たんだよ」

「俺たちの、末路……？」

「そう。私は最初から、選挙がおかしなことになるって知ってたの」

「――っ!?」

といっても、この選挙結果のために特別な働きかけをしたわけじゃない。

例えば不信任になるように世論を操作するとか、白紙投票するように行動をコントロールするとか……そんなこと、やろうとしてできるはずがないんだから。

ただ少し、みんなの意識が幸《さち》先輩と塩崎《しおざき》先輩――普通じゃないことをしようとしてる人に向くように後押ししただけ。多かれ少なかれ起こりうる〝普通の人たち〟の反応を、見えやすくしただけだ。

……そう。

私はただ、こうなることを知っていた、だけなんだ。

「〝普通の人たち〟はね。自分が普通じゃないことに巻き込まれそうになったら――ううん、普通じゃない人が近くにいたら、それを絶対に受け入れられないの」

「……」

「やろうとしてることの善し悪しとか全然関係なくて、ただ自分たちの常識からかけ離れてる人は『おかしい人』で『関わりたくない』って拒絶しちゃうものなんだよ」

「…………」

「結果、最後はこういうだれも笑えない結末を迎えるの。当事者だけじゃなくて、周りの人まで巻き込んで、ね」

「……だれも、笑え、ない……」

長坂くんがうわごとのように呟《つぶや》く。

私は無言で頷《うなず》いて、一歩前に足を踏み出す。

――そして。

この、現実で。

〝普通の人たち〟を巻き込んで、普通じゃないことをし始めたのは――。

「長坂くん」

君と。

「私たち、みたいな。
普通じゃない理想を実現しようなんて大馬鹿者は――いるだけで、みんなを不幸にするんだ」

――かつての私、だ。

長坂《ながさか》くんは大きく目を見開いて、よろけるように一歩後ずさりした。

「私……たち……？」

言いかけて、長坂くんはぐっと堪《こら》えるように歯を食いしばった。

「いや……ごめん、ちょっと、今日はこれで」

そして慌ててこの場から立ち去ろうと歩き始めた。

私はすかさず言葉を重ねる。

「まずはちゃんと調べなきゃ、とか思ってるのかな？　しっかり情報を仕入れて、その上でどうすべきか判断しよう、って。……彩乃と一緒に、ね」

「えっ……!?」

「その必要はないと思うよ。最初から、判断に必要な情報《もの》は全部教えるつもりだったから」

はらはらと頰《ほお》にまとわりつく髪を耳にかけて、周囲を見回す。

——イレギュラーな選挙結果を受けて、生徒会は混乱中。先生たちはこの結果を認めるべきかの会議にかかりきりで、他のことに意識を回す余裕はない。屋上の鍵《かぎ》が戻るのが多少遅くなったとしても、問題にはならないはずだ。

そして一番の障害になるだろう彩乃《あやの》も、きちんと足止めしてある。

私は「ふぅ」と息を吐いて、屋上倉庫の壁に背を預ける。

見上げた空は濃い灰色の雲で覆い尽くされている。雨は降らずとも青空は遥《はる》か遠い、そんな空模様だった。

「……私が、どうしてこうなることを知ってたのか。それを、今から話すね」

――そして私は、語り始める。

かつて、普通じゃない私が。
目指し、そして辿り着いた。

「あれは私が、中学生だった時――」

――現実《りそう》の結末を。

本編・第一章　幸せの到達点

Who decided that I can't do romantic comedy in reality?

「みんな、お疲れ様！　それじゃあ――A組の勝利にー、カンパ――イ!!」

「「「「「カンパーイ!!」」」」」

カチン、ガチンと、グラスの音を響かせて。
私たちの戦勝祝いが、始まった。

――今日は夏休み前の恒例行事、球技大会だった。
球技大会は私の通う赤川《あかがわ》学園中等部にある行事で、男子はサッカーとバスケ、女子はバレーとハンドボールに分かれて優勝を競うイベントだ。
そして私たち3年A組は、その激戦を見事に制し、男女ともに総合得点で1位！　運動部が多かったのと、事前の秘密特訓が効いたみたいで、他クラスに大差をつけて勝利した。
今はその打ち上げ。最初にクラス全員で盛大にカラオケパーティをしてから、ファミレスに場所を移して二次会中だ。

もう夕ご飯に近い時間だし、お家の事情もあるだろうから希望者のみってことにしたんだけど……なんだかんだ、クラスメイトの大多数が参加している。
そう——うちのクラスは団結力もまた、学校一なのだった。

——ワイワイ、ガヤガヤ。

学生御用達、西急ハンズ前のナイゼリアは、今日も人でごった返している。

場所柄、いつ来ても満席な場所だから、事前に予約を取っておいて正解だった。ただ元々そんな広い店じゃないし、予定より参加者が増えたから、ちょいちょい分散して座ることになっちゃったけどね。

「今日は大活躍だったな、清里《きよさと》！」「色々ありがとーっ、芽衣《めい》！」「よっ、委員長《リーダー》！」

「いえーい、乾杯乾杯っ！」

私は笑いながら、みんなと乾杯して回る。

同時に、各テーブルの席順に目を配った。

——神泉《かみいずみ》ちゃんと駒場《こまば》ちゃんの仲良しコンビはお隣同士でOK。結束の固い富士見《ふじみ》グループはみんな同じテーブルにまとまってるから、これも問題なし。高井戸《タッキー》は何もしなくて大丈夫だし、松原《まつつん》も一緒に楽しそうにしてる。久我《くが》くん・浜田《はまだ》ちゃんカップルは最近喧嘩《けんか》したって話だから、ちゃんと距離取って、と。えっとあとは——。

「池《いけ》ノ上《うえ》くん、手が届かないよー！　こっち来てー！」

「あっ、う、うん！」

そう言って、一人離れた位置で孤立しそうになっていた池ノ上くんを呼び寄せて乾杯する。

「おつかれーっ！　今日バスケで輝いてたね！」

「え、そうだったかな……」

視線を落として頬《ほお》を掻《か》く池ノ上くん。

んっと……単純に褒められて恥ずかしいのと、言うほど目立った活躍はしてないって負い目が半々、って感じかな？

確かにシュートを決めたとか派手な魅せプレイをしたわけじゃなかったけど、少年バスケの経験を生かしてみんなの下支えをしてた。根が気弱なタイプだから、遠慮してるんだろうな。

そう直感的に判断し、次にどうすべきか考える。

えーと、確かあの時は──。

私が周りに目をやると、こちらをチラチラ見ていた女の子──ミッチーと目が合った。

ん、やっぱりね。

じゃあこうしよう。

「ほら、前半最後のスリーポイントシュートの前、ノールックでバックパス出してたじゃん。ミッチーも見てたよね？」

そう言って、私はさりげなく話を振った。

「あっ、ちょうどそれ見てた！　めっちゃすごっ、って思ってたヤツ！」

思った通り、ミッチーは食い気味に話題に乗っかってきた。

「後ろに目ぇ付いてんじゃん？　とか思ったし！」

「ま、マジで？　そんなでもないと思うけど……」

ミッチーの褒め言葉に照れる池《いけ》ノ上《うえ》くんを見て、私はその手を引いて目の前の席に誘導する。

「はい、功労者はコチラへー。かんぱーい！」

「か、乾杯！」

「カンパーイ！　ねぇねぇ池ノ上さー、なんで中学じゃバスケやらなかったの？　あんだけ上手なら――」

うん、ＯＫ。

ミッチーはアクティブに見えて奥手だもんね。でも一度話し始めちゃえばもう止まらないだろうから、これ以上の手助けは必要ないかな。

私は仲睦《なかむつ》まじく会話する二人の邪魔をしないようにさりげなくその場を離れ、ドリンクバーコーナーで「ふぅ」と一息ついた。

――よし、これでいい感じに場が温まった。あとは自然と盛り上がっていくはずだ。

せっかくの打ち上げ、参加してくれたみんなが笑って過ごせなきゃ意味がない。

そのために力を尽くすのは、委員長として——ううん。

清里芽衣《わたし》として、当然のことだ。


遠目に問題がないことを再度確認した上で、ぐいっとコップに残ったジュースを飲み干す。

さ、それじゃあ、私も自分の席に戻りますか。

私は飲み物を入れ直し、途中で「他のお客様もおりますのでお静かに……」と嫌そうな顔の店員さんに「乾杯だけですごめんなさい！」とか平謝りを挟みつつも、自分の居場所へと戻る。

ちょっと離れた奥の角、４人席のテーブル。

そこには——。


「お疲れさま、芽衣《めい》。私の横、開けといたよ」

「おっせーぞ、この人気者！　待ちくたびれたっつーの！」

「まぁ、とにかく座れば？」


——私の、一番の親友たち。

仲良しグループのみんなが、笑顔で待っていた。

私はニッと笑みを返してから、自分の席に腰を下ろす。

それから持ってきた白ぶどうジュースをごっくごっくと飲み干して、ぷへぇと息を吐いた。

「んはー、酷使した喉《のど》が回復するー！」

「もう、またはしたない飲み方して。溢《こぼ》してるよ」

「無礼講ってやつだよ、みーちゃん」

「それ、使い方間違ってる。……ほら、こっち向いて」

隣に座る初等部からの親友――みーちゃんこと品川《しながわ》未春《みはる》ちゃんが、やれやれと呆《あき》れたように苦笑しつつ、取り出したハンカチで口元を拭《ふ》いてくれた。

目の前には、きゅっとした形のいい眉《まゆ》に、メガネ越しに見える真っ黒で綺麗《きれい》な瞳。ポニーテールにまとめられたツヤツヤの黒髪と、細くて長い睫毛《まつげ》。つんと突き出されたちっちゃな唇は、さくらんぼみたいに瑞々《みずみず》しくてぷるぷるだ。

うーむむむ。

「結婚しようか、みーちゃん」

「……」

「あっ、やめて！　無言でお腹のお肉つねらないでー！」

ギリギリ、と私のお肉は悲鳴を上げた。

「あっはっは、芽衣《めい》ってホント、ワケわかんねーな。どういう思考したらそうなんの？」

と、正面に座る男の子——ゾムくんこと三鷹望《みたかのぞむ》くんが、トレードマークの犬歯を覗《のぞ》かせて子どもっぽく笑う。

「そんなだからカレシできねーんだろーなー」

「む。唐変木のゾムくんに乙女心はちょーっと難しかったかなー？」

私がひらひら手を振りながら答えると、ゾムくんは三白眼ぎみな瞳をきょとんと丸くして繰り返す。

「トウヘンボク？　ソレどういう意味？」

「デリカシーのないマヌケ、ってことでしょ」

今度はゾムくんの隣に座る猫っ毛の男の子——大森朝陽《おおもりあさひ》くんが、頬杖《ほおづえ》をつきながら気怠《けだる》げに言った。

それから垂れ目がちな瞳を真横に向けて続ける。

「三鷹にぴったりじゃん」

「ハ？　おい朝陽クン、ケンカ売ってる感じ？」

「最初に言ったのは清里《きよさと》。お門違いだろ」

「ほーん、ワザと難しく言ってんな？　アァン？」

……とかなんとか、男子二人が言い合いを始めちゃった。

ああもう、この二人はさー。

「ちょっと二人とも、落ち着いて……」

バチバチと火花を散らす二人の間に、みーちゃんが割って入ろうとしている。

微妙に空気が変わったせいか、離れた席にいるクラスメイトが何人か「何事か」って目線をこちらに向けた。

それに気づいた私は、すかさずパンパンと手を叩《たた》く。

「こらこら、みーちゃんが困ってるでしょ。そんなにこの子が欲しいなら、まずは私を倒してから行け！」

「もう、芽衣っ。元はといえばあなたがふざけるから――」

「ひえっ！　お肉はやめてーっ！」

そう冗談めかしたトーンで叫び、身をくねらせながら立ち上がる。

と、それを見たクラスメイトは「なんだいつものか」って感じに苦笑いを漏らして、それぞれ歓談へと戻った。

――ふぅ、やれやれ。これでちゃんとギャグっぽく見えたかな。

そりゃ、二人ともこんなとこでガチ喧嘩《けんか》するほどおばかじゃないけど、事情を知らないクラスメイトが気分を悪くしないとも限らない。念には念をだ。

目的を果たした私がストンと腰を下ろすと、ゾムくんが「ハァ」と呆《あき》れた声で続ける。

「芽衣《めい》はさぁ、そのザンネンな感じさえなきゃカンペキだっつーのになぁ……」

「ちょっと、残念な感じって何さ。遺憾の意を表します」

「遺憾の意とかドヤ顔で使っちゃうJCがまともかって」

「え、嘘《うそ》、大森《おおもり》くんも裏切るの？」

「ほんと、いくつになっても中身は小学生男子のまんま……」

「みーちゃん!?　てか男子扱い!?」

あはは、とみんなが笑う。

その顔を見て、私も笑う。


──うん、やっぱり。

こうして、みんなで笑い合えるのが、一番だ。

◆

喧騒《けんそう》の中、私たちは今日を振り返りながら談笑を続けている。

「──でさ！　ここでキメなきゃ嘘だろ、って飛び出して、完璧《かんぺき》なヘッド決めてやって！」

「へー！　それは燃えるなー！」

ゾムくんが興奮しながら優勝ゴールの一部始終を解説してくれた。

ちょうどその時間バレーの決勝戦だったから、結果は知ってても状況までは知らなかったんだよね。

「ラスト1分だったから盛り上がったよね。みんな『ヒーロー爆誕！』とか叫んでたし」

みーちゃんが、くすり、とお淑《しと》やかに笑いながら言った。

はー、相変わらずゾムくんは、そういうとこ持ってるよなぁ。生まれながらのスター性っていうか、一番おいしいとこで輝けるヒキの良さみたいなの。

ゾムくんは腕を組みながらうんうんと頷《うなず》いて。

「それに、なんつーかさ。そん時の一体感っつーの？　それがマジ最高だったぜ！」

そして屈託のない顔で、ニカッと笑った。

──ゾムくんは、無邪気で純真な男の子だ。

口は悪いしガサツだけど、どこか憎めない愛嬌《あいきょう》のある性格をしてて、自然体でみんなを惹《ひ》きつけるカリスマ性を持っている。

初等部から中等部に上がった時、初めて同じクラスになって、すぐに意気投合。それからずっとこうして親しくしている。少なくとも、男子の中じゃ一番気が合ってると思う。

ちなみに身長は180センチ超えの長身で、かつスポーツ万能だから、女子ウケが半端なかったりする。全学年で2桁《けた》は好意を持ってる子がいるんじゃないかな。誇張じゃなしにね。

「な、な、すごくねすごくね？　オレめっちゃかっこよくねぇ？」

ただまぁ、基本お子様だから、こうやって言わなくていいことまで全部言っちゃうのがねー。

「三鷹《みたか》君はそういうの自分で言わなきゃいいのに……」

と、同じことを思ったようで、みーちゃんが呆《あき》れたように漏らした。

「未春《みはる》チャンも褒めていいぜ？　カモンカモン！」

「えっと……ごめん。正直、ウザいかな……」

「うーわ、そのガチな感じ、超傷つく」

引き顔なみーちゃんにバッサリ切られ、ゾムくんは胸を押さえながらテーブルに沈んだ。

相変わらずみーちゃんは本音ド直球だなー……。もうちょっとオブラートに包んであげてもいいと思う。ゾムくん相手だから別にいいけど。

「絶好球ねじ込んだだけでそんな威張られてもね」

すまし顔でスマホをいじっていた大森《おおもり》くんが、不意にそんなことを呟《つぶや》いた。

ぱっと顔を上げたゾムくんは、非難がましい顔で大森くんを見る。

「イヤ、どう考えても高すぎだっつの！　あんなのオレじゃなきゃ届かねーよ！」

「こういう時に生かさないとか、何のための図体だって話」

「チッ……オレの超絶ジャンプ力に感謝しろよ！」

「はいはい、そりゃどーも」

やれやれといった様子で肩を竦《すく》める大森くん。

ん、そっか、パスしたのは大森くんか。てことは、ゾムくんだから取れる球を上げた、ってことなんだろうな。

大森くんはすごい器用な人だ。勉強も運動も、なんでも涼しい顔でそつなくこなす。

それに基本熱っぽくなりやすい他の男子に比べて、冷静に物事を俯瞰《ふかん》して見られる視野の広さがある。同い年には珍しいタイプだった。

ちなみに塩顔のイケメンで、ゾムくんに負けず劣らず女子人気が高かったり。

「つか朝陽《あさひ》さぁ、図書委員なんて地味ィーなコトやってねーで、サッカー部入れっつの」

「汗かきたくないからパス」

「カーッ、相変わらず冷めすぎだろ、お前！」

ただ協調性がないというか、あんまり他の人と関わろうとしないのが玉に瑕《きず》かな……。

たぶんだけど、一人だけ考え方が大人っぽいから、周りの人が幼稚に見えてしまってるんだと思う。それでクラスメイトとの間に壁を作ってしまっているのだ。

あと皮肉屋だったり腹黒っぽい面があるせいか、男子からはあまり好ましく思われてなくて、元々クラスじゃ孤立気味だった。

「まぁいいや、朝陽だし。そんかわり体育祭はマジメにやれよ！　二人三脚でオレと釣り合うのお前くれーだしさ」

「三鷹《みたか》とセットとか普通に嫌なんだけど」

「ハイ決まり！」

ただゾムくんはいい意味でそういうの全然気にしないから、いつもこうして大森《おおもり》くんをクラスの輪に引っ張りこんでくれるんだ。

性格は正反対だし、いつも喧嘩《けんか》ばっかりしてる二人だけど……逆にその凸凹《デコボコ》な感じが妙にハマったようで、なんやかや言いながら一緒にいることが多い。いわゆる悪友、って関係が近そうだ。

——やっぱり、二人を引き合わせたのは正解だったな。

ちょっと冒険だったけど、なんとなーく波長が合いそうな気がしたんだよねぇ。私、その手

の直感は昔からよく当たるんです。

しみじみとそんなことを思っていると、不意にみーちゃんが顔を暗くして俯《うつむ》いた。

「みんなは運動できるからいいよね。私、本当に足手まといにしかならなくて……」

一回も勝てなかったし、と悔しげに口をきゅっと結ぶ。

ああもう、まーたみーちゃんはそっちのスイッチ入れちゃってー。

私はパンパンと手を叩《たた》く。

「はいネガティブ禁止！　勝てなきゃダメなんてだれも言ってないでしょ？」

「そーそ、未春《みはる》チャンはその分マネっぽいことしてたじゃん。それでおアイコじゃね？」

そんな感じに私とゾムくんがフォローするけど、みーちゃんは納得しようとしない。

「雑用しただけだもん。私がやる必要だって別にないし」

そして、つんと唇をとんがらせてそっぽを向いた。

みーちゃんは穏やかかな性格に見えて結構な頑固者で、一度こうと思ったらなかなか曲げないところがある。

意思の強さはみーちゃんの一番の魅力だと思ってるけど、たまにこうやって自己卑下の方で発揮されちゃうのが困りものだ。

「運動馬鹿よかよっぽどマシだと思うけどね、俺は」

……と。

大森くんが鷹揚な構えのまま口を開いた。

「クラスの平均点上げてんの品川《しながわ》じゃん。貢献度って意味じゃよっぽどそっちのが上でしょ」

「え……そう、かな」

「じゃないの？　少なくとも、年2回しか活躍できない脳筋よりは」

「オイコラ、それはオレのこと言ってんのかなー？　朝陽《あさひ》クーン？」

「自覚してるなら直せば？」

そんな二人のやりとりを見て、みーちゃんがくすっと顔を綻《ほころ》ばせる。

ほっ、よかった、持ち直したみたい。

みーちゃんがネガティブになりがちなのは、過去の経験からきてるのもあるけど、全ては自分への自信のなさにある。

大森《おおもり》くんが言うように、勉強じゃ学年トップクラスだし、他にもいいところはたくさんある。自分の悪いところじゃなくて、いいところをもっと誇ってほしいと常々思う。

あと、何より可愛《かわい》い。とにかく可愛い。同性の私でさえそう思うんだから間違いない。それをもっと自覚して誇るべきなのです。

「その……ありがとう、大森君」

私がしたり顔でそんなことを思っていると、みーちゃんが大森くんを上目がちに見ながらぺこんと頭を下げた。

「別に。お礼言う場面じゃないでしょ」

「ううん。そうじゃなくて……私のこと、ちゃんと見ててくれた、から」

と、後半はちょっと小声になりながら呟《つぶや》く。

大森くんは無言で肩を竦《すく》めると、再びスマホに目を落とした。

私はそんな二人の様子を微笑《ほほえ》ましく眺めながら、こくんとジュースを飲み込んだ。


——今のやりとりでお察しの通り。

みーちゃんは、大森くんのことが好きらしい。

私が大森くんと知り合ったのは今のクラスになってからだけど、二人は去年もクラスが一緒で、かつ図書委員でも親交があった。

みーちゃんは、さっきゾムくん相手にやったみたいに、遠慮なくズバズバ言っちゃうところがある。それは責任感が強いからだったりするんだけど、よく知らない人からは誤解を受けることも少なくない。それで図書委員でもちょっと揉《も》めたことがあって、その時にフォローをしてくれたのが大森くんだったとか。

大森くんは口ぶりがキツいだけで、根は優しくて気が利く人だ。みーちゃんが何を言わんとしてるのかを察して、さりげなく助け舟を出してくれたんだと思う。そういうことができる男の子って他にはいないから、みーちゃんの目に魅力的に映ったんだろう。

一方で、大森くんがみーちゃんをどう思っているかについてはハッキリ分からない。でもさっきみたく今でも常々フォローしてくれてるから、興味がないわけじゃないのは確かだ。

親友の私としては、どうにか二人の仲を進展させてあげたいと思っているんだけど――。

ちらり、となんとなしに周りを見回す。

ただ恋愛絡みの話は、取り扱いに気をつけないと不幸な衝突を招きかねない。

例えば、大森くんを好きな子が他にいて修羅場になっちゃったりとか、クラスメイトのやっかみの対象になっちゃったりとか。いずれにせよ、トラブルになった場合の影響がすごく大きいから、大っぴらに応援できないのが悩みの種だった。

今はその手の問題が起こらないか調べるのと同時に、いかにみんなに「あの二人ってお似合いだよね」という感じで祝福してもらえるか考えながら絶賛行動中だ。

そう――。

手が届く限りのみんなを、笑顔でいっぱいにするために。

ただその理想のため、これまでと同じように、私は力を尽くしている。


「――芽衣《めい》、オーイ芽衣」

「……うん？」

ふと、ゾムくんに話しかけられて我に返る。

「寝てんのかよ。１００回は呼んだぜ？」

「あ、うん、目開けたまま寝てたかも。何？」

「そこは否定しねーのかよ……ったく」

ゾムくんが呆《あき》れたように首を振ってから、ぴしん、とストローをはじく。

「夏休み！　結局どうするよ、ってハナシ！」

「おお、サマーバケーション！」

言いながら、私はさりげなく周囲に意識を向けて、他のクラスメイトの注目が集まっていないことを確認する。

だれも聞いてない、かな。聞かれて困る話じゃないけど、一応ね。

「あれだよね？　４人でどこか遊び行こう、っていう？」

ゾムくんは笑って頷《うなず》いた。

「そーそ。んでんで、今年はさぁ――海！　とか、行っちゃわね？　湘西《しょうさい》とか！」

「おおっ、それナイス！」

湘西かー！　あのあたりは小学校の時に修学旅行で行ったきりだなー。

海水浴もいいけど、昔はちょっと怖くて入れなかった隠れ家カフェとか巡ったりするのもめっちゃ盛り上がりそう！

「あ、その、私。あんまり遠出は……」

テンション高まる私たち二人をよそに、気まずそうにみーちゃんが呟《つぶや》いた。

あっ、そっか。みーちゃん家《ち》はそのへん厳しいもんね。今日だって参加するのにちょっと揉《も》めたって話だったし。

中学生だけで都外にお出かけ、っていうのはちょっとハードル高そうだ。

「じゃあ都内にしよっか。それなら説得しやすいよね」

私がそう提案するが、ゾムくんが嫌そうに手を振る。

「イヤイヤ、そうなると大場《おおば》ぐれーしか行くとこなくね？　あとは葛東《かとう》の方？」

「つか別に海に拘《こだわ》る必要もないでしょ。暑いし」

「ハ？　イヤお前、何言ってんの？　夏は暑いもの！　つーか一回も泳がない夏とかナシナシ、絶対ナシ！」

大森《おおもり》くんの気怠《けだる》げな返しに「バツバツ！」と全力で手をクロスさせるゾムくん。

……その拘《こだわ》りよう、なーんか下心の気配を感じるなぁ。

ただまぁ、泳がない夏は夏じゃない、って意見には賛成だ。今年はお父さんの仕事のせいで家族旅行にも行けそうにないし。

それに、親友たちみんなで過ごす夏休み。ちょっと冒険したい気持ちもある。

何かいい場所ないかな……うーん……。

あっ。

「サマーパーク！　サマーパークとかどう？」

ぽんと手を叩《たた》いて、私はみんなを見回した。

サマーパークは都内の西の方にあり、流れるプールや波の出るプール、ウォータースライダーなど、夏にピッタリなウォーターアトラクションが売りの遊園地だ。まだちっちゃかった時、家族と親戚のおばさんたちと一緒に行って、すごい楽しかった記憶がある。

それにジェットコースターや観覧車みたいな普通のアトラクションもあるから、そこだけで丸一日楽しめるだろう。

「おっ、田舎の方にあるアレ！　いいんじゃね!?」

ゾムくんはウンウンと力強く頷《うなず》くと、そのままガシッと大森くんの肩を組んだ。

「な、な、朝陽《あさひ》もそれでオッケーだよな!?」

「いや、俺は別に——」

「ハイ決まり！」

よしよし、男子二人の方は早々に話が決まったみたい。

私は隣で考え込むそぶりを見せているみーちゃんに声をかけた。

「みーちゃんも大丈夫だよね？」

「えっと……」

言い淀《よど》むみーちゃんは、気まずげな顔のまま。

んー、何だろ？　あそこなら都内だし、そこまで問題になるようなことは——。

あ、もしかして。

私はピンと直感し、男子二人の意識がこちらに向いてないことを確認し、そっとみーちゃんの耳元に口を寄せる。

それから小声で。

「——かわいい水着選ぶの手伝うから。ね？」

ハッと顔を上げて私を見るみーちゃんに、パチン、とウインクを飛ばす。

みーちゃんの耳はみるみる赤くなり、それからぷるぷると震え出した。

――あははっ。

ほらね？　みーちゃん、めっちゃ可愛《かわい》いでしょ？

……なお、その直後、私のお肉は再び悲鳴を上げたのでした。

◆

「じゃーなー！　気ぃつけて帰れよー！」

「そっちもねー！」

店の前で、大きく手を振りながらゾムくんたちと別れる。私とみーちゃんだけ私鉄だから、みんなとはここでお別れだ。

「さ、じゃあ私たちも帰ろっか」

「うん」

二人して、夜の繁華街を歩き始める。

ビル越しに見える空はすっかり真っ暗だった。ただ夜の方が本番みたいなとこのある街だから、明かりは煌々《こうこう》と輝いていて、むしろ昼間よりも活気がある。

ただ、流石《さすが》に中学生だけでこの時間は、ちょっと無茶しすぎたかな。みんな怒られたりしないといいけど。

そんなことを思いながら駅に向かっていると、みーちゃんがぽつりと呟《つぶや》いた。

「……ほんと、毎日楽しいね」

「うん？」

「私が、こんな気持ちで学校に来るなんて。本当、嘘《うそ》みたい」

目にかかった前髪を手でいじりながら、みーちゃんは遠くを見るように目を細めた。

――みーちゃんとの出会いは、小4まで遡《さかのぼ》る。

私は元々他県の小学校に通っていたが、お父さんの仕事の都合でこっちに越してきて、赤川《あかがわ》学園の初等部に編入した。

幼稚園から数えて3回目の引っ越しで転校には慣れてたけど、学期の途中でクラスに入るのは初めてだったから、ちょっと緊張したことを覚えている。

とはいえ、人と仲良くなるのは大得意だったので、クラスメイトとはすぐに打ち解けることができて、毎日楽しく過ごしていた。

――ただ一つ。

いつも教室で、一人ぼっちの子がいることだけが、ずっと気にかかっていた。

『あの子、空気読めないんだよ。すぐつまんないとか言うの』『そーそー、オタクで本ばっか読んでるし』『地味でブスだしね』『あの子がいると楽しくないよ』

女子はみんな一様にそう言って、その子を仲間外れにしていた。

……そういうのは、前の学校でもよくあった。

話が合わないから、生意気だから、ぶりっこだから、男子とばかり遊んでるから——。

みんな何かしら、その人の『よくないところ』を挙げて、だから仲間外れにしてもいいって風に語るんだ。

そして、そういう時。

私は、こう言うことにしていた。

『それじゃあさ——あの子がいた方が楽しかったら、どうする？』

だれにだっていいところはある。あの子の場合それが見えにくくて、みんな誤解しているだけなのだ。

それを見つけ出してみんなに認めてもらえれば、きっともっと楽しくなる。あの子ともみんなとも、今以上に幸せに笑い合える。

そして私は、そのために力を磨いてきた。

なら——やらない理由、ないよね？

だから私は、一人縮こまって小説を読んでいたその子に声をかけた。

『ねぇねぇ、品川《しながわ》さん』

『……？』

『その小説、面白いよね！』

それが私とその子──みーちゃんとの、初めての会話だった。


──それから私は、みーちゃんが照れるとかわいい乙女だってこと、頭が良くてすごく気が利くってこと、気弱に見えて芯が強くて頼もしいってことなどなど、その魅力をたくさん引き出してみせた。

そうしたら5年生に上がる頃にはすっかり誤解もなくなって、晴れてみんなの仲間入り、ってわけだ。

もちろん今も、みーちゃんを悪く言う人は一人もいない。クラスでは細かなことまで気の利くしっかり者として、私の補佐役《ツッコミ》を務めてくれている。

ちなみに、そんなきっかけで知り合った私たちだけど──読書っていう共通の趣味があったおかげで、すっかり意気投合してしまった。

特に、お互い青春小説が大好きだったことが大きかったと思う。推《お》し作品について夜通し語り合ったり、登場人物の心情を読み解いて盛り上がったりとか、しょっちゅうやってたから。

まぁそんなこんなで、今に至るまで無二の親友として毎日よろしくやってる、って感じだ。

「──なんだか本当に、毎日が青春小説みたい」

みーちゃんがふと懐かしげにそう漏らした。

「昔、芽衣《めい》が言った通り。こんなことってあるんだね」

私はなんとなしに歩道脇の縁石に乗っかって、平均台のように歩きながら「ふふん」と鼻を鳴らす。

「だから言ったじゃん。青春小説って、たくさんの笑顔が詰まった世界なんだもん」

つまり──。


「だからさ。

みんなが笑顔になるように力を尽くせば自然とそこに近づく──なんて、当たり前でしょ？」


「……そんなの、すぐに無理だって諦めるよ。小学生でもわかる」

みーちゃんは呆《あき》れたように息を吐く。

「でも、それを実際やっちゃうのが芽衣なんだよね……」

それからしみじみと、そう呟《つぶや》いた。

「特別なことなんてなんにもしてないけどね。ただ私にできることをやってきただけだし」

「……そのできることの範囲が広すぎるんだよ、芽衣は」

「そんなことないよ——って言うと嫌味っぽく聞こえちゃうだろうから、そんなことあるよ、って答えとこう」

「どっちも嫌味っぽいよ」

あはは、そうだよねー……。

一応、私が見た目も能力も人より恵まれてるってことは自覚してる。散々みんなから言われてきたことだし、成績とか大会の結果から客観的に見てもそうなんだ、ってわかるから。

だからってそれを過度に誇るような真似はしてないと思うけど、それでも角が立ってしまうことはままある。

なので普段は、極力この手の話の流れにならないよう気を配っていた。今は相手がみーちゃんだから、明け透けに話してるだけだ。

「でも実際、私なんて持ってるものが多いだけで、中身は普通に一般人なんだけどなぁ。勉強できるからってお医者さんになりたいとかないし、テニスが上手いからってプロになるつもりもないし、見た目良くてもアイドルとか芸能人とかなるつもりないし……」

すとん、と再び大地に降りる。

「ただ毎日平穏無事に、みんなで仲良く笑っていられればそれでいい、ってだけだもん。それって特別でもなんでもない、だれだって思ってる普通のことだもんね」

「……」

ふと、みーちゃんが立ち止まったのに気づいて、私は振り返る。

みーちゃんは俯《うつむ》いたまま、ボソリと呟《つぶや》いた。

「こんな毎日……いつまで続くのかな……」

「ていっ」

ノータイムでそのおでこにチョップをかました。わりと強めに。

「痛っ！　ちょっと、なんで叩《たた》いたのっ！」

「ネガ入ったからに決まってるじゃん」

おでこをさすりながら私を睨《にら》むみーちゃんの瞳を、じっと覗《のぞ》き込む。

「今があるのはね。みーちゃんが自分の魅力をしっかり出し切って、それをみんなが認めてくれたからなんだよ。みーちゃんが頑張ってきたから、こうして毎日笑っていられるの」

そして、にこり、と優しく笑う。

「だからね。これからも同じように頑張り続ければ、ずっと笑っていられるよ」

その言葉に、みーちゃんは僅《わず》かに黙って。

それからこくんと頷《うなず》く。

「……そう、だよね。これからも、頑張ればいいだけなんだよね」

「うんうん！」

ぽん、とみーちゃんの肩を優しく叩いて、とんとんとん、と軽やかに前に進む。

そして何歩か進んでから振り返り、ぱっ、と大きく両腕を広げた。

「それに、大丈夫！　これから先、高等部に行っても、大学に行っても、大人になっても——」

ずっと。

そう、ずっと。

「——いつまでも、みんなで笑えるように。私は、全力で頑張り続けるから！」

そうだ。

それが、人よりも少しだけ多くの才能に恵まれた——。

清里芽衣《わたし》が貫くべき、理想《わたし》なのだ。

◆

私の家は、ごくごく普通の中流家庭。

他の子の家と違うところっていえば、麦茶にお砂糖を入れる、ってことくらい？　元々はお父さんの実家の風習らしいけど、都会《こっち》だと聞いたことがなかったから。

ともかく、その程度の違いしかない、日本全国どこにでもある一般家庭だ。

お父さんは毎日満員電車に揺られて通勤してる会社員。穏やかな優しい人で、休みの日はいつだって家族サービスをしてくれる。

お母さんは百貨店のアパレル売り場でパートをやってて、ガミガミお小言は多いけど、毎日欠かさず作ってくれるご飯は本当においしい。

けどお父さんが転勤族なせいで、ずっと仲良しでいられる友達ができないのは辛かった。それに兄弟や年の近い従兄弟《いとこ》もいないから、小さい頃はそれが寂しくて泣いたこともあったっけ。

ただその代わりというか、親戚のおばさんたちからはいっぱい可愛《かわい》がってもらった。みんな子宝に恵まれなかったらしく、実の娘みたいに接してくれたのだ。

おばさんたちはみんないつもニコニコ優しくて大好きだ。帰省するたびに色んなところに遊びに連れていってくれたし、お誕生日やクリスマスみたいなお祝い事にはたくさんプレゼントをくれた。

キッズテニスの大会で一番になった時や、お習字のコンクールで金賞を取った時、英語スピーチコンテストで優勝した時も、自分のことみたいに喜んでくれた。

みんなが笑うと、私も嬉しい。

だから、色んなことを頑張った。


そして、私が5歳の時。

一番上のおばさん——お父さんのお姉さん——は、私の頭を撫《な》でながらこう言った。

『芽衣《めい》ちゃんは、いろんな才能に恵まれたのね。そういう人は、その力でたくさんの人を笑顔にしてあげなきゃダメよ』

『たくさん？　たくさんってどのくらい？』

『芽衣ちゃんの手が届く限り、いっぱいの人たちよ』

『そうすれば、もっとしあわせになれる？』

『ええ、もちろん』

『じゃあがんばるね！』

みんなには、ずっと笑っていてほしい。

その中で私も、ずっと笑っていたい。

そしてそれこそが、一番幸せでいられる方法だって言うなら——やらない理由、ないよね？

──その時から。

私にできる限り、たくさんの人に笑ってもらうこと。

それが、私の目指す理想になった。

◆

『次は～、青城《せいじょう》学園前～、青城学園前～』

車内放送の音で、はっと意識が戻る。

……危ない、知らないうちに眠ってたみたいだ。懐かしい夢を見ちゃったな。

目を擦《こす》りながら、きょろきょろと周りを見る。

横に座っていたはずのみーちゃんはいなかった。もう最寄り駅は過ぎてるから、きっと私を起こさないように黙って降りたんだろう。

ふぁ、とあくびを漏らしてから、ぼんやりと夢の続きに想いを馳《は》せる。

──おばさんの言葉の通り、私はたくさんの人を笑顔にできるように努力した。

初めは、好きなものをあげるとか一緒に遊ぶとか、そういう些細《ささい》なことから。

次にその人が何を楽しいと思うのか、嬉しいと思うのかを考えて、できる限りそうしてあげられるように努めた。

そんなことを繰り返すうちに、自然と人の気持ちがわかるようになってきて、直感的にこうじゃないか、と思うことがハマるシーンが多くなった。すると今度は、元々仲の良かった友達だけじゃなくて、知り合って間もない人にも同じことができるようになっていった。

でも反面、人の嫌なところや醜い部分も目に入るようになってしまった。

その人の悪いところばかりが表に出てしまうと、周りのみんなまで巻き添えで不幸になってしまう。だからなるべくそうならないように、嫌なところが強く出ていれば極力それを抑えて、いいところはたくさん引き出して、みんながお互いを認め合える環境を作るべく動いた。

失敗することもたくさんあったけど、そのたびに間違えたところを直して、よりよい結果を導き出すために最善を尽くしてきた。

そして、努力を重ねてきた結果——。

今は、全てが、完璧《かんぺき》にうまくいっている。

一人も除け者がいない、だれも互いを傷つけ合わない、どんな時でも一致団結できる最高のクラスで、学校生活を笑って過ごせるのは本当に幸せだ。

個性的で魅力的な、気のおけない親友たちと笑って過ごす日常は、本当に幸せだ。

だから、これからも。

私《わたし》は理想を貫き続けるんだ。

——車窓の向こうでは、電灯の明かりがたくさん連なっていた。

起きがけの涙のせいか、どれもキラキラ綺麗《きれい》な光芒《こうぼう》を描いているように見えて、ちょっとだけ得した気分になる。

来週は待ちに待った夏休み。

毎年やってくる夏休みだけど、一つたりとも同じものにはならない、特別なものだ。精一杯楽しまなければもったいない。

私は緩《ゆる》む頰《ほお》をそのままに、胸を躍らせながら軽やかに電車を降りた。

幕間　ボーイズトーク

Who decided that I can't do romantic comedy in reality?

——打ち上げの帰り道、電車の中。


「うはーー！　プールやべぇ楽しみすぎんだけど！　芽衣《めい》ぜってーヤベーってマジで！」

「キモ……」

「んだよノリわりーな。お前だってなんだかんだ楽しみだろ？　未春《みはる》チャン、普段ガードかてーからなー！　その服の下見てみてーとか思うだろ？　ンン？」

「別に」

「カーッ！　お前ほんとに男かよ！　冷めすぎだろマジで」

「つーかさ。気になってたんだけど、清里《きよさと》って昔からずっとあんな感じなわけ？」

「ハ？　あんな感じって？」

「常にどうでもいい他人のことまで考えてるとこ。あれがデフォなのかって話」

「……え？　そうなん？」

「……いや、お前に聞いた俺が馬鹿だったわ」

「うーわ、意味わからん。つーか何で急にマジメっぽいハナシ？」

「あとお前馬鹿なのに、なんで清里相手にはお利口気取ってんの?」

「……なに、今度はなんでケンカ売り始めたん? アアン?」

「オ、ト、モ、ダ、チとプール行けて嬉しー、で満足してていいの?」

「……、イヤ、意味わかんねーし」

「あっそ。まぁ好きにすりゃいーけど」

「……」

「俺は好きにや、る、か、ら。後になって文句言ったりすんなよ」

「なんだそれ、どういう——あ、オイ、朝陽《あさひ》! 言い逃げすんなって! おーい!」

本編・第二章　夏休み回

Who decided that I can't do romantic comedy in reality?

プシュー、ガチャン。

バスのドアが開く音とともに、むわっと暑い熱気が入り込んできた。

私はとんとんと軽快な足音とともにステップを下り、真夏の太陽に熱せられたアスファルトの上へと降り立つ。

途端に身を包む灼熱《しゃくねつ》の空気を感じながら、目を閉じて胸いっぱいに息を吸いこんだ。

周囲から聞こえる、ジージー、ミンミンというセミの声。すぐ近くを流れる、サラサラとした川のせせらぎ。時折ざわめく木々の音――。

これぞまさに、夏休みの音。

夏休みの世界だ。

そんなのを全身で感じていたら、もういてもたってもいられなくなって――。


「ついた――――っ！」

うおー、と手を振り上げて、歓喜の雄叫《おたけ》びを上げた。

——都心から電車に揺られること、1時間とちょっと。

最寄りの小さな駅からバスに乗り継いで、やっと到着したサマーパーク。

入り口前のバス停から見上げたその外観は、大きな総合体育館って感じの佇《たたず》まいだった。

周りは人、人、人で、想像の10倍くらいの人だかりだ。かなり混むって噂《うわさ》ではあったけど、こんなにいるとは思わなかったな。てか流れるプールで流れられるのかな、これ。

「さーさ、早く入ろうぜ！　早く早く！」

と、一足先にバスから降りていたゾムくんが、ウズウズを隠しきれない顔で入り口の方へとにじり寄っている。

「よくそんな元気でいられるよね。ガキかっつーの」

いつもと変わらぬ毒を吐きながら、ぱたぱたとシャツをはためかせている大森《おおもり》くん。本当に暑いのが苦手なようで、その顔はいつも以上にダルそうだった。

「つーか少しは下心隠したら？　見え見えすぎてこっちが恥ずかしくなるから」

「ハ？　イヤ、何言ってんの朝陽《あさひ》クン？　ちげーから、暑いから早くプール入りたいってだけだから！」

あー、嘘《うそ》だなー。

私はゴチャゴチャ言い訳を続けるゾムくんに冷たい目を向けてから、後ろを振り返った。

「大丈夫？　荷物持とうか？」

「ううん、平気。でも私も早く入りたいかな……足、すっごい熱いから」

そう言って、近くの日陰に避難するみーちゃん。確かにこの暑さじゃ、厚底のサンダルでも熱が貫通しちゃいそうだ。

ちなみにみーちゃんは白ワンピースに麦わら帽子という、田舎の夏休みお約束セットな出立ちである。あと水に入るから、いつものメガネは外してコンタクトだ。

長い黒髪は両サイドで二つにまとめていて、か細い肩の上にちょんと乗っかっている。もう完全に、一面のひまわり畑にいそうな薄幸の美少女、って感じ。

ええもちろん、狙《ねら》って着せましたよ、私がね？　最高に似合うってわかってたからね？

「……芽衣《めい》、なんか目線がキモいんだけど」

「ごほんごほん」

いけない、これじゃゾムくんと大差ないな……。

「と、とにかく入ろうか！　割引券持ってきたから配るねー！」

みーちゃんのじとっとした目を誤魔化すようにそう言って、みんなの背をぐいぐい押して入り口へと向かう。

さー、今日は目一杯あっそぶぞー！

◆

サマーパークは、通年開放のアドベンチャーケイブと呼ばれる屋内プールエリアと、夏季限定の屋外プールエリアであるアドベンチャービーチ、そしてジェットコースターや観覧車のある遊園地エリアのスリルフォレストに分かれている。

どこも同じ1Dayフリーパスで遊べるが、スリルフォレストだけは水着じゃ入れない。なので、まずはプール中心に遊んでから、着替えてアトラクションを回る予定だ。

「おーっ、すっごい！　めっちゃ海っぽい！」

着替え終わった私とみーちゃんは、まず最初にアドベンチャーケイブに足を踏み入れた。

視界いっぱいに広がるのは、海辺を模した波のプール。パッと見はただの広いプールでしかないけど、一定間隔で波が発生する仕組みになっているらしい。

ちっちゃい頃は子ども用プールでぷかぷか浮かぶくらいだったし、ちゃんと楽しむのはこれが初めてだ。あー、早く入ってみたい！

「ね、ねえ、本当に変じゃない？」

隣に立つみーちゃんは、何度も自分の格好を見ながら不安げな声を漏らしている。

「もう、まだ言ってるの？　店員さんだってエグい似合ってる、って言ってたじゃん」

「でも、芽衣《めい》と比べると……」

ちらと私の方を見て、しゅんと両肩を抱くみーちゃん。

ああもう、可愛《かわい》いすぎじゃん。ほんとナチュラルにロマンス小説の主人公みたいなこと言うよね、みーちゃんは。

「そもそも比べるものじゃないんだって。私は私、みーちゃんはみーちゃんに似合う格好があるの。自分の魅力を最大限引き出せればそれで勝ち、いいね？」

みーちゃんの水着はフリルのついた真っ白なフレアビキニだ。細身なスタイルと清楚《せいそ》さ、髪と水着のコントラストが映える最高の仕上がりだった。

似合ってるかどうかでいえば間違いなく似合ってるし、むしろみーちゃんのために神が用意したデザインまである。

てか、私の方がちょっと無理してる感あるんだぞ。主にお腹のお肉が。

いや、太ってはいないよ？　太ってはいませんけど、ぷにぷに感を感じる程度にはある気がするんだよ！

「それに、大森《おおもり》くんはそういうの気にしないと思うよ？　ゾムくんじゃあるまいし」

「………」

もじっ、と体をくねらせて、みーちゃんは頰《ほお》を赤らめた。

はいもう、それで一発アウトです。ぜひご本人の前で披露してあげてください。

そんなこんなのやりとりの後、二人して待ち合わせに指定したパラソルの元へと向かう。

ぺたぺたと裸足の音を響かせながら少し歩くと、すぐにゾムくんの長身が見えた。やっぱり男子二人は既に到着しているみたいだ。

遠巻きに見るゾムくんは私たちに気づいていないようで、しきりに周囲をキョロキョロしながら、グイグイ腕を伸ばしてみたりフンフン屈伸してみたりと無駄に体を動かしていた。

……うん、あれ、完全に水着のお姉さんに興奮してるやつだ。

来る時からずっと浮わつきっぱなしのゾムくんに呆《あき》れた気分になって、ふと思い立つ。

ふふん。ちょっと天誅《てんちゅう》下してやろっと。

「ちょっとみーちゃん、静かにね」

「え?」

しーっ、と口元に人差し指を当てながらそう言い、私は腰を落としてゆっくりゾムくんの後ろに回り込む。

それから足音を殺しながらにじり寄り、一歩、また一歩と近づいていく。

そしてその背中に、手が届くところまで行き着いたところで――。

「お、待、た、せーっ!」

バッシーンッ!

「あいって――――!!」

――思い切り両張り手を打ち付けてやった。

私はビックーン、と体をのけぞらせて飛び上がったゾムくんを指差して笑う。

「あっはっは、立派な紅葉が二つ！」

「あークソっ、めっちゃいてぇ！　芽衣《めい》お前、よくも――」

背中に手を回しながら、ゾムくんが振り返る。

そしてすぐにピタリ、と動きを止めた。

「お、おま、芽衣、おま……！」

「こらこら、凝視するのはマナー違反だぞ」

特にお腹ね、お腹は見ないで。見たら怒る。

「は、花柄のビキニ……！　シルエットで大人っぽさを強調しながらも弾ける笑顔みてーなオレンジ色のリボンによってカワイイまで演出してきただとぉ……!?　似合いすぎ！」

「無駄に解説っぽいのが色々ないなー、って感じだけど……まぁ、ありがとう」

さりげなく腕を組んでお腹を隠しつつ、一応お礼を言う。

ゾムくんは大森《おおもり》くんのところへ駆け寄ると、がっしと肩を組んだ。

「ちょちょちょい、あれ、マジでエグい、とても中3には思えないボリュームじゃねえ……!?」

「話しかけないでくれる？　同類と思われたくないから」

耳打ちするゾムくんを心底鬱陶《うっとう》しげに払い除ける大森くん。てか声が大きすぎて耳打ちの意味ないぞ。

「えっと……」

ふとそこで、背後からおずおずとした声が響いた。

私は振り返ってぷんすこと文句を言う。

「ちょっとみーちゃん、私だけ晒《さら》し者にしないでよー」

「別にそういうわけじゃ……」

とか言いつつ、一向に動こうとしないみーちゃん。

私はすかさず背後に回り込んで、その両肩をがっしりと掴《つか》んだ。

「きゃ、ちょ、ちょっと芽衣《めい》！」

「よいしょーっと」

そして、ぽーん、と前に押し出してやった。

みーちゃんはふらふらと二、三歩進み、ちょうど大森《おおもり》くんの前でぴたりと止まる。

それからおそるおそる顔を上げると、上目遣いにぽつりと呟《つぶや》く。

「えっと、その……どう、かな」

「まぁ、似合ってるんじゃん？」

その言葉を聞いたみーちゃんはホッと表情を和らげて、胸元できゅっと手を結んだ。

あーもう、エグいかわいいなぁ……。

「アァー、未春《みはる》ちゃんの控えめ清楚《せいそ》ながらちょっとチャレンジしてみました感のある水着もカワイイ！　しかも白、ってところが逆にエロい！　最高！」

「……三鷹《みたか》君、キモすぎ……」

「ゾムくん、さっきから株が急降下してるよ。今度おばかなこと言ったら目潰《つぶ》しね」

「うーわ、何その指、潰すどころが抉《えぐ》りとる気満々でコワァ……！」

◆

――波のプール。

「うわわわ、すごっ！　めっちゃ波だー！」

ちょうど波が出る時間になったので、目の前のプールに飛び込んだ私たち。

とにかく波の高いところへ行ってみようとざぶざぶ進んできたものの、思ったより深くて足がつかないくらいだった。９歳以下の子どもは入っちゃダメって注意書きも頷《うなず》けるな。

「ほっ、波のタイミングで、ほっ、ジャンプしないと、やられるっ！」

「ハン、オレは全然平気だしー？」

ゾムくんは仁王立ちで波を受け切っていた。流石《さすが》にゾムくんくらいの身長だと余裕があるみたいだ。

「これ、結構、あぶなっ、わっぷ！」

浮き輪に掴《つか》まったみーちゃんは、迫りくる波に逆らえずにどんどん浜の方まで押し戻されていく。

と、そこで壁になるように大森《おおもり》くんが前に立ち、浮き輪をがしりと捕まえた。

「何なら腕掴んでれば？」

「あ、ありがとう」

おーおー、いいですねぇ。青春してますねぇ。

私はニヤニヤと笑いながらその様子を眺めてると、急に両肩にズシンと力がかかった。

「え。ちょ、ちょっとゾムくん？」

「へっへ、張り手のリベンジだ！」

「ま、待っ、わぷっ」

底に押さえつけられたせいでジャンプができず、正面から波をモロにくらってしまった。

「ぷはっ、や、やめっ！　沈むぅー！」

「わっはっは、まだまだー！」

——お次は外に出てのアスレチックゾーン。

「おっ、おお、予想以上に揺れるねこれ」

私は頭上に張り巡らされたロープを掴みながら、水に浮かぶフロートの上を歩く。

見た目はそんな難しそうじゃないのに、実際やってみると結構バランスがとりにくい。重心を置く位置を間違えたらすぐにひっくり返ってしまいそうだ。

「ほっ、ほっ、ほっ、と」

ゾムくんは流石《さすが》のバランス感覚で、ロープを掴むことなくひょいひょいと進んでいる。運動神経の良さは折り紙付きだもんなー。

「オーイ芽衣《めい》、どっちが先にゴールするか勝負しねぇ？」

と、立ち止まって振り返ったゾムくんが、ニヤニヤと笑いながらこちらを見ている。

「勝った方がかき氷奢《おご》りな？」

……ほーん？

「乗った。もち全員分奢りね」

「お、大きく出るじゃん？　ロープ使わなきゃ進めないクセに」

くっく、とせせら笑うゾムくん。

私は無言でよろよろと前に進みながら、ゾムくんの真横のフロートへと降り立った。

「みーちゃん、合図よろしくー！」

そしてプールサイドで見学していたみーちゃんに声をかける。

さて、勝負ってことなら……本気《いい》、出しちゃうぞー。

「じゃーいくよー。よーい――どん！」

みーちゃんの掛け声と共に、私はバシャンと勢いよくフロートを蹴《け》った。

「ハッ？」

隣でゾムくんが素《す》っ頓狂《とんきょう》な声を上げるが、もう遅いぞ。

私はとんとんリズムよくフロートの上を駆け抜けつつ、前へと進んでいく。

「おまっ、さっきまでのは何だったんだよ!?」

「あははははっ、油断させるための罠《わな》に決まってんじゃーん！」

フロートの上を歩くコツはとっくに掴《つか》んだ。さっきのはロープを活用してより速く進む方法を考えてただけだ。

それにゾムくんのことだし、隙を見せれば絶対こうやって勝負を挑んでくるってわかってたもんねー。

「芽衣《めい》ー、ファイトー！」

「三鷹雛《みたかざ》っ魚《こ》」

見学中のみーちゃんと大森《おおもり》くんから野次が飛ぶ。

「オイッ、だれかオレの応援しろよ！　くそっ、負けねー！」

――ウォータースライダー。

私たちは４人乗りのゴムボートに乗り込んで、水の流れるトンネルをぐるぐる回りながら滑っていく。

「きゃっ、芽衣っ、回さないで！」

「あっはっはー、まだまだーっ！」

「オラぁ、ここでくすぐり攻撃！　落ちてしまえ朝陽《あさひ》ィ！」

「ガキすぎでしょ……」

「もっとスピードあげちゃうぞーっ！」

「怖い！　怖いってば！」

「スカシ顔でいられなくしてやらァッ！」

「それより後ろ見たら？」

ばっしゃーん、と。

直後、ゴムボートが盛大に水しぶきを上げながら着水し、ふざけてた私とゾムくんはバランスを失って投げ出されるようにプールに落っこちた。

「ぷはぁっ、水！　水飲んじゃったぁ！」

「ぐあああ、鼻ツーンってすんだけどォ！」

「……自業自得《じごうじとく》だよ、まったくもう」

「ダッサ」

◆

そんなこんな、ひとしきり満喫したところでお昼の時間になった。

近くにイートインのできるお店があるってことで行ってみたんだけど――。

「うわ、混んでんなーコレ」

ゾムくんが店内を見るなりそう漏らす。

確かに、屋根のある席どころか、外のテーブルまでパンパンでどこにも座れそうになかった。

「あーほんとだ。どうしよっか、空くの待つ?」

「でもこの列、全部待ち行列だよね……?」

イートイン用の注文カウンターを見ながらみーちゃんが呟《つぶや》く。

人の列は遥《はる》か向こうまで延々と続いていて終わりが見えない。他にもいくつか店はあるが、きっとどこも同じ状況だろう。

んー、これはミスったなぁ。もうちょい計画的に動いた方がよかったかも。

「さっき無料の休憩スペースで飯食ってる人いたけど。テイクアウトしてそっち行った方がいいんじゃない?」

と、大森《おおもり》くんがくいっとドームの方を親指で指す。

確かに、その方が炎天下で延々待つよりマシかも。テイクアウトなら回転も早いだろうし。

「でも確か休憩スペースって地べたみたいなとこだよね？　シートか何か欲しいとこだなぁ」

「それなら私、レジャーシート持ってきたよ。今はロッカーの中だけど……」

「お、流石《さすが》みーちゃん、ナイス準備」

ふむふむ……となれば、だ。

ピーン、といいプランを思いついて、私はゾムくんの腕を掴《つか》んでぐいっと引き寄せた。

「ン、ンンっ!?」

「じゃあ二手に分かれよっか！　私とゾムくんでご飯買っとくから、みーちゃんと大森くんはロッカーに荷物取りに行くがてら場所の確保よろしく！」

「えっ、ちょっと芽衣《めい》――」

「いいよねゾムくん？」

私は焦ったように声を上げるみーちゃんの言葉を遮《さえぎ》って、ゾムくんに笑いかける。

ここでみーちゃんに了承を取ろうとしても怖《お》じ気《け》づいちゃいそうだしね。一番説得しやすいゾムくんを落としちゃえば結果オーライだ。

「お、オレは、大丈夫、デス！」

ゾムくんはなぜだか片言でそう答えると、ウンウンと大きく首を縦に振り了承した。

なんかやけに挙動不審だけど……まぁいいや。

「よし決まり！　じゃー、オーダー承ります！」

みーちゃんたちは黙って見つめ合い、しばらくしてから注文を託しドームへと歩いていった。

うんうん、完璧《かんぺき》！　これでみーちゃんたちをしばらく二人っきりにさせてあげられるぞー！

とっさに思いついたにしてはナイスなプランに、私は満足げに「んふー」と鼻を鳴らす。

「――や、やわわっ、やわわわわ――」

横を見れば、陸に打ち上げられた魚のように口をパクつかせているゾムくんが。

「もう、さっきからいったいどうし――」

と、私が尋ねようと身を捩《よじ》らせた時。

……。

…………、あ。コレか。

知らず抱きかかえるようになっていたゾムくんの腕をパッと離す。

「……ごほん。失礼」

「やわぁ……！」

……しまったな。

ちょっと、無駄にサービスしちゃったぜ。

◆

テイクアウト専用カウンターで、私たちは列が進むのを待つ。

真夏の太陽は、水上がりの肌をすっかり乾かしてしまった。もちろん日焼け止めは塗ってるけど、それを貫通してきそうなくらいジリジリする。

日焼けの跡つかないといいけどなぁ、と私が肩紐《ひも》の辺りをチェックしていると、斜め前にいたゾムくんが不意に呟《つぶや》く。

「……なぁ、芽衣《めい》」

「うん？」

「なんでさ、オレらが買い物組になったワケ？」

ゾムくんはこちらを見ずに、前を向いたままそう言った。

……あ、そっか。ゾムくんは、みーちゃんの気持ちに気づいてないのかな。

ゾムくんだし、教えたからって変なことにはならないと思うけど……勝手に話すのは気が引けるな。

ひとまず私は、もう一つの理由を伝えることにした。

「だってほら、みーちゃんにこの炎天下の中並ばせるのはかわいそうじゃん。あの真っ白なお肌を紫外線に晒《さら》すのは罪だよ罪」

「だったらオレと朝陽《あさひ》でもよくね？　芽衣だって日焼けしたくねーだろ」

「私は部活で慣れてるからねー」

テニス部の練習なんて全部外だし。室内練習場とかある学校がうらやましいぞ。

私がそう誤魔化していると、ゾムくんが珍しく真面目なトーンで口を開く。

「なんか芽衣《めい》ってさ。マジで良いヤツだよな」

――む?

「なんつか、いっつも自分よか人のこと優先ってカンジ。ケンシンテキ、っつーか」

「んー、そうかな。身を捧げてるつもりは全然ないけどね」

普段通りに茶化して返すのも悪い気がして、私は真っ当に答える。

実際、自己犠牲してるとか思ったこともない。自分がやりたいと思ったことを、自分にできる範囲でやってるだけだしね。

ゾムくんは「ンー」と悩ましげに唸《うな》ってから続ける。

「でももうちょいさ、自分のコト優先で考えてもいいと思うぜ? ワガママ言ったりとかよ」

「え、結構言ってない? あれやろうこれやろう、って」

そもそもサマーパークに来たのだって私の提案だ。というか、普段から私主導で遊びの予定が決まることのが多い。

するとゾムくんは、もにょっとした顔になって腕を組んだ。

「うまく言葉にできねーケドさ。なんか芽衣の場合、ワガママがワガママじゃねーんだよな。ほんとのワガママってそういうこっちゃねーだろ、ってか……」

うーん？

どういう意味かな。珍しくゾムくんの言いたいことがわかんないな……。

私が首を傾《かし》げていると、ゾムくんはガシガシと髪を掻《か》いた。

「あー、やっぱよくわかんねーや！　まぁとにかく無理すんなよ、ってコト」

それからゾムくんは顔をふいっと背け、コホン、と咳払《せきばら》いする。

「オレは……その。嫌いになったりはしねーから。芽衣が、どんだけワガママでもさ」

——瞬間。

その言葉の奥に含まれた意味を直感して、私はぎくりと身を強張《こわば》らせた。

「……あはは、そっかー」

今の言葉は、私を気遣ってくれてのものだ。元々お世辞を言うタイプじゃないし、本当にそう思ってるのが伝わってきた。

もちろん、その気持ちは嬉しい。

嬉しいけど——。

もし、その奥に。

そっちの気持ちが、あるのだとしたら。

「ありがとね、ゾムくん。そういう優しいとこ——友達として、すごい好きだよ」

——恋心《そっち》には、踏み込ませちゃ、ダメだ。


明確に強調して伝えた部分に、ゾムくんが一瞬ぴくりと体を震わせる。

……うん、よかった。

ちゃんと伝わったみたいだ。

「……えっ、ま、マジ!?　今のもう一回！　もう一回言って！」

それからすぐに、いつものようにふざけて返すゾムくん。

それを合意の証と見て、私も同じノリで応じる。

「ダメでーす、二度は言いませーん」

「ええー、いいじゃん！　減るモンじゃねーだろ！」

「減る減る、ありがたみがめっちゃ減る」

そしてこれまたいつも通り、二人して笑った。

──私は、素敵な友達に恵まれてる。

そんな人たちに笑ってもらうことが、私にとっての幸せだ。

そう──だからこそ。

好意《それ》には、応えちゃいけないんだ。

◆

──私が、小5の時。

当時、一番仲良しだった男の子から、告白されたことがあった。

その人は明るくてスポーツ万能な、クラスの人気者。さらに見た目もカッコイイって評判の、まさにゾムくんみたいな人だ。私は通ってるテニスクラブも同じだったから、学校でもそれ以外でも彼と一緒にいることが多かった。

元々、気が合うなって思ってた人だし、いつも人一倍努力してて、格上の対戦相手にも負けじと立ち向かっていくところがすごいな、とも思っていた。

それに、何よりも。

一緒にいて、いつも笑っていられる人だったんだ。

だから、告白された時は純粋に嬉しかった。受け入れたら、きっともっと毎日幸せに笑えるんだろうな、って。そう思った。

でも、私は――。

その彼を好きな子が他にいることを、知っていた。

それも一人じゃない。

同じクラスの子、幼馴染《おさななじみ》の子、私よりも前からテニスで切磋琢磨《せっさたくま》してきた子――。

そしてどの子もみんな、私の友達で。

みんな、自分の恋心に真剣だったのだ。

……私の気持ちは、彼女たちに比べると、きっと弱い。

だって私は、彼女たちが語るような、一緒にいるだけで感じるソワソワや、手が触れただけで高鳴る胸のドキドキなんて、経験したことはなかったから。

他の子と一緒にいる彼が、楽しそうに笑っているのを見て、身を切るような辛い気持ちになんて、一度もならなかったから。

そんな私が、彼女たちの気持ちを無視して、告白を受け入れる――。
それは、きっと。
彼女たちの笑顔を犠牲に自分だけ笑うことと、同じことだ。

だから私は、その告白を断った。

だってそれは、私が成すべきことじゃない。
手の届く限りのみんなを笑顔でいっぱいにして、その中で私もまた笑うこと。
それが一番の幸せなはずなのに、その真逆をやってどうするんだ、って話だから。

ただ……告白を断った後の彼が。
嘘《うそ》のように笑ってくれなくなってしまって。
私にだけじゃなくて、みんなといる時でさえ顔を曇らせることが多くなってしまって。
そうさせてしまったことが、本当に苦しくて、辛かった。

――たくさんの人が笑えなくなる選択肢《こくはく》を、私は選べない。
でもその選択《きょぜつ》で、笑えなくなる人がいるのもまた耐えがたい。

だからつまり、選択をしなければいけない状況——。

告白をさせてしまったこと、それ自体が私の失敗で。

みんなの笑顔を守るためには、告白をさせる前に阻止しなければならなかったんだ。

そして、それは——。

私に対する恋心《おもい》を抱かせないことと、イコールだ。


そう決めて以降、私は一貫して、ゾムくんに対した時のように振る舞っている。

少しでも兆候を感じれば先んじて制し、それ以上踏み込ませない。恋愛に発展することはないのだと早くに悟ってもらい、傷を負う前に諦めてもらう。

そしてその結果、同じ状況に陥ったことは、一度もない。同じ告白《しっぱい》で笑えなくなった人は一人もいないのだ。

だからこれが、最善の選択なんだ——と思っている。

◆

なんとか買い物を終えた私たちはアドベンチャーケイブに向かって歩いている。

ゾムくんはタコライスにガパオライス、それからケバブにホットドック。私はみんなのトロピカルジュースと自分用のウーロン茶を両手に持っていた。

にしても、なんかすごい海っぽいチョイスだ。どれも美味しそうだし、後でちょっとずつ分けてもら……いや、ダメダメ。何のためにジュース我慢したのか考えなさい、私。

きゅるきゅると勝手に喚《わめ》き始めたお腹の音を気合いで黙らせ、集合場所のフリースペースがあるフロアに戻ってきた。

さてさて、二人はどんな感じかなー、っと。

「……ん、あれ？」

と、波のプールの横、野外ステージの前あたりに陣取っている二人の姿を見つけ、同時にその周辺に人だかりができていることに気づく。

「アン？　他にだれかいねぇ？」

ゾムくんも気づいたようで、目を凝らして様子を窺《うかが》っている。

遠目に見た感じ、7、8人の男女混合グループが二人に話しかけているようだった。大森《おおもり》くんがいつもの感じでぶっきらぼうに応対し、みーちゃんは気まずそうな顔で膝を抱《かか》えている。

まさか、何かトラブルでもあった……？

「ちょっと急ごっか」

「ン、そーだな」

私たちは足早に二人の元へと向かう。

声が届く範囲に入ったところで、私は気持ち大きめのボリュームで話しかけた。

「二人とも、お待たせー！」

私に気づいたみーちゃんは、ハッとした顔でこちらを見上げてくる。

合わせて、周りの人たちがこちらに振り返り——。

——む。

「ハ？　……梨々子《りりこ》？」

ゾムくんがぽかんとした顔でそう呟《つぶや》く。

すると、グループの真ん中にいた女の子——2年B組《隣のクラス》の大手町《おおてまち》梨々子ちゃんが、ぱぁっと顔を輝かせた。

「あーっ！　ゾムくん、やっぱいるじゃーんっ！」

お団子に結んだ髪をぽんぽんと弾ませながら、梨々子ちゃんがこちらに駆け寄ってくる。日焼け止めの香りなのか、一緒にミルクのような甘い匂いもふわりと漂ってきた。

見れば、周りはB組の子たちばかり。梨々子ちゃんを中心とした仲良しグループだ。

——はてさて、どうしたものかなぁ。

トラブルじゃなかったことにホッとするのと同時に、私は内心で「困ったことになった」と頭を悩ませる。

「絶対いると思ったんだー！　なんか最近朝陽《あさひ》と仲良いみたいだし！」

水着についたフリルと同じくらいほわほわした口調でそう言って、気持ち前屈みになりながらゾムくんを覗《のぞ》き込む梨々子《りりこ》ちゃん。

彼女はサッカー部のマネージャーで、ゾムくんとは初等部から何度か同じクラスになっている昔からの友達だ。

可愛《かわい》い系の顔立ちで、大きくぱっちりした目にあひる口、茶色がかったふわふわロングヘア。小柄だけどスタイルは整ってて、アクセとかネイルとか、下品にならない程度にメイクも頑張ってるおしゃれさんである。

性格はおっとり天然なお姫様って感じで、クラスみんなの愛されキャラとしてB組の中心にいる子だった。

ただ振る舞いのマイペースっぷりに反して、学力はみーちゃんと張り合うくらいに好成績、かつスポーツも得意という文武両道タイプらしい。

あいにく私は同じクラスになったことはないけど、隣のクラスだし面識はある。

面識はあるんだけど――。

「こんにちはー、梨々子ちゃん」

「……あれー？　清里さんもいたんだ？　全然気づかなかったー」

と、じろりとした目線と一緒に、そんな答えが返ってきた。

……まぁ、こんな感じで。

持ち味の〝天然〟の部分に人工みがあるところが、ちょーっと危なっかしい子、なんだよね。

「あはは、久しぶりー。今日はB組のみんなで遊びに来たの？」

「ねぇねぇ、ゾムくん聞いてよー！」

けど、梨々子ちゃんは私の問いかけを完全にスルーして、再びゾムくんに話しかける。

んんっ、やっぱりトゲトゲだな……理由はなんとなくわかるけど……。

どうしたものか、と考えを巡らせつつ様子を窺《うかが》う。

「朝陽《あさひ》がさー、さっきから何聞いても答えてくれないんだよー？　ひどくない？」

むぅ、と唇をとんがらせて大森《おおもり》くんを指差す梨々子ちゃん。

そういえば、二人って去年同じ2年C組《クラス》だったっけ。仲がよかったって話は聞かないし、あんまり相性がいいとも思えないけどな……。

ゾムくんはどこか呆《あき》れたような顔で息を吐く。

「まぁ朝陽だし、そんくらいはフツーだろ。つーかそれより梨々子はなんでココいんの？　今日マネは合同会議だろ」

「えー？　遊びに来たに決まってるじゃーん」

会議はサボったー、と口元に手のひらを当てながらクスクスと笑う。

「プールでも行こっかーってノリで来ちゃったけど、まさか偶然ゾムくんに会えるとか思わなかったなー！　めっちゃ嬉しー！」

……うーん、嘘《うそ》だなぁ。

言葉の端々から直感的にそう判断する。

こういうトラブルを避けたくて今日の予定は公言しないようにしてたんだけど、どこかで漏れちゃったかな。

何にせよ、このまま「奇遇だねー」で終わるなら問題はない。

でも、恐らく。

「あっ、ねぇねぇ！　せっかくなんだし一緒に遊ぼーよ！　私スライダー乗りたいの！」

名案とばかりに顔を輝かせて、ぽんぽんとゾムくんの胸元を手で叩《たた》く。

だよねー、やっぱりそう続くよね……。

「あー……」

ゾムくんは気まずげな顔で、ちら、と私たちを見回す。

みーちゃんは膝を抱《かか》えて伏し目がちな顔でいて、大森《おおもり》くんに至ってはいつになく不快げだ。

どう見ても提案に賛成、なんて雰囲気じゃない。

私はどうするのがみんなにとって一番かを考える。

――見ての通り、梨々子《りりこ》ちゃんはゾムくんにご執心だ。

噂《うわさ》だと、最近年上の彼氏と別れたとかで、それからこうして積極的にアプローチを始めたらしい。私に対する当たりが強いのも、ゾムくんと一番親しくしている女子が私だからだろう。

もちろん私は、彼女の恋路を邪魔しようなんて気はカケラもない。危なっかしいな、と思うことはあっても、梨々子ちゃん個人を嫌っているわけでもない。

だから、一緒に遊ぶならそれでも構わないんだけど……みーちゃんたちの反応を見るに、安易に受けるのはどうかな、と思う。

かといって私が代表して断っちゃうと、それはそれで角が立つんだよね。梨々子ちゃんは絶対に意固地になっちゃうだろうし。

何か、すんなり納得してもらえそうな理由があればいいんだけど……。

私はB組メンバーを流し見て、その水着の状態をチェックしてから梨々子ちゃんに質問を投げかける。

「えーと、梨々子ちゃんたちは、今来たところかな？」

「あっ、アスレチックみたいなのもやってみたい！　ゾムくん得意そー！」

「おーい……」

んー、ちょっとワザとらしくスルーしすぎじゃないかなー？　やりすぎは他の人の印象にもよくないと思うよ……？

と、そんなことを思っていると――。

「ていうか、団体行動とかダルすぎるからパス」

――そこで、今までずっと黙っていた大森《おおもり》くんが、口を開いた。

みんなの視線が、一斉に大森くんへと向く。

言葉だけならいつも通りだけど、その時の表情と口調とが露骨に冷たく感じて、私は嫌な予感を覚えた。

「えー？　朝陽《あさひ》、冷たーい。別にいいじゃん、みんなで楽しくあそぼーよ！」

梨々子《りりこ》ちゃんはそんな大森くんの様子を気にした風もなく続ける。

すると、大森くんは――。


「わかりやすく言い直すと、勝手に友達面して関わってくんな、って話」


続くストレートな悪意《ことば》で、場の空気を凍りつかせた。

――まずい、かな。

「……。えーなにそれ、意味わかんないんだけどー。だって友達じゃーん」

一瞬黙った梨々子ちゃんだったが、それでも怯《ひる》まずそう言い返した。

大森くんは、ふんと鼻を鳴らして。

「あとそのキモい喋《しゃべ》り方やめた方がいいんじゃない？　薄っぺらさが余計滲《にじ》み出るから」

「……はー？」

ざわ、と空気が一気に険悪になる。

「いや大森、流石《さすが》に言いすぎだろ」「ちょっとないってそれ」「つか、なんで急に喧嘩《けんか》腰？」

……やっぱりダメだ。

このままだと、だれも笑えないい流れになっちゃう。

そう判断するなり、私はすかさず二人の間に体を滑り込ませた。

「はいはーい！　よーし、じゃあこうしよう！」

パン、と、一際大きく手を鳴らし、みんなの注目を集める。

それからにこりと笑って梨々子ちゃんの方を見る。

「私たちさ、午後からアトラクション乗ろうって話になってて。お昼食べたらプールは切り上げなの。梨々子ちゃんたちは、今から遊ぶとこだよね？」

ちら、と再びみんなの水着に目をやる。

見たところ、一度も水に濡《ぬ》れた形跡がない。それはつまり、今来たばかりだってことだ。

私は直感に従って、矢継ぎ早に続ける。

「水着じゃアトラクションエリアには行けないじゃん？　だから、そっちはそっちでまずプールを楽しんで、夕方に合流するっていうのはどうかな？」

大森くんの言葉で、ただ断ってどうにかなる空気じゃなくなってしまった。

だからここは折衷案を取って、場を収めるしかない。

結果的に全員に少しずつ我慢させちゃうことになるけど……トータルで見れば、これが一番だれもが受け入れやすい解決策なはず。

梨々子《りりこ》ちゃんは、じっと無表情で私の目を見つめている。

その瞳の奥に宿る感情は憤《いきどお》りなのか苛立《いらだ》ちなのか、いまいちわからない。

——そして、しばらくして。

「……行こっかーみんな。ゾムくん、あとでRINE《ライン》するねー！」

ふん、と私にしか聞こえない程度の音量で鼻を鳴らし、その顔をパッと元の笑みに戻す。

「まぁ、梨々子がそれでいいなら……」「とにかく泳ごーぜ。もう我慢できねーし！」「お前は能天気だなほんと……」

そのままグループの子たちを引き連れ、この場を離れていった。

……とりあえず受け入れてくれた、かな。

私がホッと胸を撫《な》で下ろすと、隣で同じように安堵《あんど》の息を吐いていたゾムくんが、苦虫を噛《か》み潰《つぶ》したような顔で口を開く。

「つーか朝陽《あさひ》、お前さぁ……もうちょい言い方考えろって」

「それに何の意味があんの？」

「あークソ、これだからコミュ症は……！」

あはは、大森《おおもり》くんはブレないなぁ……でもごめん、今回はゾムくんに同意です、はい。

私は空気を切り替えるべく、努めて明るく振る舞う。

「よーし、じゃあご飯食べよー！　はいこちら、ご注文のトロピカルジュースでーす！　ゾムくんの分はちょっと減っちゃってるけど許してねー」

「ハ？　おまっ、いつ飲んだ!?」

「飲んでないよ蒸発しただけだよ」

「てかお前、結局飲んだら太──」

「蒸発しただけです、いいね？」

ゾムくんが私のギャグノリに的確に答えてくれて、なんとか場はいつもの空気に戻った。

ただ──。

ずっと黙っていたみーちゃんが、やけに苦々しい顔をしていたことが、少し気にかかった。

◆

気を取り直しての午後。

服に着替えた私たちは、アトラクションゾーンへと向かった。

ジェットコースターみたいな絶叫系からスタートして、定番のお化け屋敷、時折メリーゴーラウンドみたいな癒やし系も挟みながら順々に園内を回る。

最初はなんとなく元気のなかったみーちゃんも、最後の方は午前と変わらない調子に戻り、みんなでアトラクションを満喫できた。

そして大方乗り終えたところで、梨々子《りりこ》ちゃんたちと合流する。

「ねーねー、まずはジェットコースター乗ろー！」

「いや、オレ2周目だし……つーかもうチョイゆっくりできるヤツを――」

「その次はボート下りのやつ！　あ、もちろんお化け屋敷も！」

疲れ顔のゾムくん（ちなみに勝負には余裕で勝ってアイス奢《おご》ってもらった）の意向なんてガン無視で、腕をがっちりロックして離さない梨々子ちゃん。あっちへこっちへ引っ張り回すつもり満々、って感じ。

いやはや、ここまで好意をオープンにできるっていうのもすごいなぁ。でもそれは自分の気持ちに正直ってことだし、それが梨々子ちゃんのいいところなんだろうな。

私はくすりと小さく笑って、他のB組メンバーの様子を窺《うかが》う。

みんなは楽しげに「きゃー、梨々子ダイターン！」「おい動画動画、動画撮ってバラまいちまおうぜ！」なんてハイテンションなヤジを飛ばしていた。最初はちょっとピリッとした空気が残ってたけど、今はそこまで気分を悪くしてる人はいないみたい。

こうして見ていると、みんなノリがよさそうだ。元々あまり接点のなかった人たちだし、これを期にちょっと関わってみようかな。

ただ、私はそれでいいとして――。

「みーちゃん、大丈夫？」

「……あ、うん。別になんとも」

振り返り、ぼーっとしていたみーちゃんにそう声をかけた。

B組メンバー《みんな》と合流したらまたこの調子だ。やっぱり一緒にいるのがストレスなのかな……特に梨々子ちゃんはみーちゃんと合うタイプじゃないし。

と、そんなことを考えてから、ふと思う。

あれ……でもみーちゃんも、去年同じ2年C組《クラス》だよね？

なのにこの反応、って考えると……もしかして、あんまり仲良くなかった、とか？

とはいえ、もし険悪な関係だったなら当時から話題に出たはずだし、そこまでじゃないとは思うけど――。

ちょっと聞いてみようかなと口を開きかけたところで、隣にいた大森《おおもり》くんが不意にあさっての方向へと歩き始めた。

「え、大森くん……？」

「ダルいから休憩所で寝てる」

そう言い残して、私の答えも待たずにドームの方へと戻っていってしまった。

あはは……まぁ、大森《おおもり》くんは、そう言いそうな気はしてた。

本当に体調が悪いのかもしれないから引き止めるのは気が引けるし、無理に押しとどめてさっきみたく険悪になってしまっても事だ。ここは黙って行かせてあげよう。

……ん。そうだ。

これは、ちょうどいいかも。

「みーちゃんも、大森くんと休んでたら？」

「え？」

きょとん、と私の方を見るみーちゃん。

大森くんの付き添いにもなるし、また二人きりにもしてあげられるし、一石二鳥だ。ううん、みーちゃんの気分転換ってことまで考えれば一石三鳥かな？

「ごめんね、疲れさせちゃって。あとで呼びに行くから、最後に観覧車だけ乗ろ？」

角の立たなそうな理由を付け加え、他の子にも聞こえるような音量で伝える。

みーちゃんは、何かを考えるようにきゅっと口を結んで俯《うつむ》き——それからしばらくして、こくんと無言で頷《うなず》いた。

——うん、これでひとまず問題は解消かな。

私は遠ざかっていくみーちゃんを見送って、よし、と腰に手を当てる。

さて……じゃあ、2周目、楽しみますか！

◆

それからあっという間に時間は過ぎた。

B組のみんなはやっぱりノリのいい子たちだったみたいで、ちょっとぎこちなさはあれど、一緒にアトラクションを楽しめた。何人かとはRINE《ライン》の交換もしたし、友達と呼んでもいいくらいの関係にはなれただろう。

梨々子《りりこ》ちゃんもさっきよりはまともに反応を返してくれて、終始嫌な雰囲気にはならずに済んだ。とはいえ、向こうから話しかけてくることはなかったんだけどね……。

そして日が傾き始めた頃、ドームの休憩所で休んでいたみーちゃんと大森くんを呼びに行き、本日最後のアトラクション——観覧車の乗降口に訪れた。

「おー、めっちゃ良さそう！」

私はゆっくりと回転する観覧車を見上げながら声を上げた。

日本一高いとかゴンドラが透明だとか、これといった特徴があるわけじゃない観覧車だけど、ここから見える景色はすごい綺麗《きれい》らしい。ちょうど差し込む夕陽がゴンドラを赤く照らしていて、ライトアップされたかのようにキラキラと輝いていた。

うんうん、これは締めくくりにふさわしい風情《ふぜい》だなー。

「当然、観覧車は男女二人ペアだよねー！　私ゾムくんと乗るー！」

視界の端で、未だハイテンションな梨々子《りりこ》ちゃんがぎゅっとゾム君の腕を抱く。

「いや、待った待った。チョイ落ち着けってば」

が、ヘトヘト顔のゾムくんは、その拘束《こうそく》を乱雑に解《ほど》いてため息をつく。

「さっきからお前とばっかで飽きたわ……いい加減、別の奴と絡ませろっての」

「えー、ひどーい！」

私は苦笑して肩を竦《すく》める。

まぁずっとあのノリだったたし、流石《さすが》にそう思っても仕方ないよね。

ただ梨々子ちゃん、これは諦めないだろうなぁ。観覧車で男女二人きりとか乙女的に夢のシチュエーションだろうし、何なら私もみーちゃんと大森《おおもり》くんを二人きりにしてあげるつもりだったし。

私はしばらく考えて、ぽんと手を叩《たた》く。

「じゃあこうしよ！　せっかくの１Ｄａｙフリーパスなんだし、何回か乗ろうよ！」

時間的に、まだ何周かできる余裕はある。これなら最初は仲良しグループ、次は男女ペアみたいに色んな形で楽しめるはずだ。

「まーソレでいいんじゃね？　梨々子も文句ねーだろ」

ゾムくんが若干投げやりな調子ながらもいち早く賛同してくれた。

梨々子ちゃんは一瞬だけ不満そうな顔になったが、ゴネても意味がないと判断したのか、すぐに「じゃー後でね！　絶対だよー！」と言って、グループの子たちとゴンドラに乗り込んだ。

最後にちょっとだけ嫌な視線を感じたけど、まぁ結果オーライってことで。

私は「うん」と頷《うなず》いて、残ったみんなを見回す。

「じゃー私たちも一緒に――」

「私、最初は三鷹君と乗る」

「――へ？」「ハ？」

そう、唐突に。

みーちゃんが漏らした予想外の言葉に、私とゾムくんは思わず素《す》っ頓狂《とんきょう》な声を漏らした。

「え、ちょ、未春《みはる》チャン？」

「いいから。一緒に来て」

言いながら、みーちゃんはいつになく強引にゾムくんの手を引いて、乗り場へ向かっていく。

え、何？　いったいどうしたのみーちゃん？　親友の私でもちょっと戸惑うくらい謎だよ？

二人がゴンドラへ乗り込むまでぽかんと眺め、ドアがぴしゃんと閉まったところでハッと我に返る。

「……どういう、つもりだと思う？」

「さぁね」

私は混乱半分のまま大森《おおもり》くんに尋ねるが、返ってきた答えはぶっきらぼうな一言だけだった。

◆

——ガコン。

スタッフのお兄さんの手で、扉の鍵《かぎ》が掛けられた。

完全な密室となった４人掛けのゴンドラは、歩くよりも緩《ゆる》やかなペースでゆっくりと高度を上げていく。

「おー、今の時点で結構眺めいいなー」

私は窓に張りつきながらそう呟《つぶや》き、先行するゴンドラをちらりと見上げる。


——何度考えてみても、さっきのみーちゃんの行動は謎だった。

そもそも大前提、あの二人の組み合わせ、ってのが珍しい。もちろん仲が悪いわけじゃないけど、話す時も遊ぶ時も基本４人か、もしくは私を入れて３人ってことがほとんどだから。

なのにあえて二人きりで、ってなると、私や大森くんに内緒で話したいことがあったとか、一緒にいづらい理由があったとか、そのくらいしか思い浮かばなかった。

もしかしたら……休んでる間に、大森くんと何かあったのかもしれない。

大森くんは気難しいところのある人だし、ゾムくんみたいに考えが顔に出やすいタイプでもない。ただ漫然と話していてもその心中は読み取れないだろう。

というわけで――。

面と向かって聞き出すべく、こうして私は、大森くんとゴンドラに乗っている。

斜め前で、肘《ひじ》をつきながら外を眺めている大森くんをそれとなく見る。

その顔はぼんやり無表情で、やっぱり何を考えているのかは読み取れなかった。

大森くんとは、一番付き合いが浅い。こうして二人きりで話すことも、実はこれが初めてだったりする。

いい機会だし、さっきのことだけじゃなくて、みーちゃん自身をどう思ってるのかまで突っ込んで聞いてみよう。鋭い人だから、変に勘ぐられないようにだけ注意しなきゃ。

私は聞こえない程度の音量でふぅと息を吐き、少しだけ気を引き締めて話し始めた。

「いやー、今日はめっちゃ夏を満喫しちゃったなー。大森くんはどう?」

とりあえず導入とばかりにそう切り出す。

すると大森くんは、目線だけをこちらに向けて答えた。

「終始ダルかった。暑いし」

「つか、そもそもぎゃーぎゃー馬鹿騒ぎすんのが性に合わない」

「わーお、正直ー」

おーう……。

私がどう反応しようかと思って頬《ほお》を掻《か》いていると、大森《おおもり》くんはふんと鼻を鳴らした。

「ただまぁ、マジで嫌なことはやらない主義でもあるけど」

「……あはは、そっかそっか」

それはつまり「嫌じゃないからこうして遊びにきてる」って意味だよね？

やっぱり、正直者だけど素直じゃないんだなぁ、大森くん。そういうとこ、みーちゃんと似てるよね。

私はにこりと笑って続ける。

「ならよかった。大森くん、なかなか笑ってくれないから、ちょっと気になってたんだ。あ、クールなのが悪い、ってわけじゃなくてね」

大人っぽいところが魅力の一つだってことに違いはない。みーちゃんもそこに惹《ひ》かれたんだから。

「たださ……人によっては冷たく感じちゃうっていうか、誤解を招いちゃう可能性もあるから心配で。ほら、例えばさっきの梨々子《りりこ》ちゃんたちとか——」

「ていうかさ」

と、不意に。

大森くんは、私の声を遮《さえぎ》って――。

「清里《きよさと》は、なんで常に他人に気ぃ使ってんの？　特にどうでもいい他人にばっかりさ」

――急に、そんな棘のある言葉を投げかけてきた。


「えー、と……あはは、突然どうしたの？」

なぜだか気分を害した様子の大森くんに若干気圧されつつ、そう尋ねた。

が、その反応も気に食わなかったのか、大森くんは嫌そうに眉《まゆ》を顰《ひそ》める。

「しかも、そうやってすぐ笑って誤魔化そうとするよね」

「え――」

「大手町《おおてまち》にコケにされた時だってそうやってヘラヘラ笑ってたでしょ。あんな邪魔なだけな部外者の顔色窺《うかが》って何か意味があんの？」

「ま、待って、大森くん！」

私は焦って声を上げ、大森くんの目を真っ直ぐに見る。

なんだか怒らせてしまったみたいだ。ちゃんと説明しないと。

「その、気分を悪くさせちゃったなら、ごめんね。ただ私が笑うのは、誤魔化そうとか顔色窺《うかが》おうとか、そういうつもりじゃないの」

「……」

「だってさ。怒ったり蔑《さげす》んだりするよりは、笑顔でいた方が幸せじゃん？　それは私だけじゃなくて、だれだってそうなわけで」

大森《おおもり》くんは心中を窺うように、じっと私の目を見返している。

それに応えるように、私は嘘《うそ》偽りのない本音を伝えることにした。

「みんな笑顔でいられれば、それが一番なのは間違いないよね？　だから私は笑うようにしてるし、周りの人にも笑っててほしい。だからなるべくそうなるように頑張ってるだけなの」

その言葉を受けた大森くんの、瞳の奥に宿った感情は、というと——。

「……ムカつくな」

——憤《いきどお》り、だった。

「えっと、その——」

「だからそれ。そもそも、そんな範囲でやる意味あんの？」

説明を続けようとして、そう遮《さえぎ》られた。

「範囲？　……範囲って？」

「どうでもいい、いい、いい連中にまでやる意味あんの、ってこと」

それは……邪魔者は仲間外れにしちゃえばいい、って意味なのかな。

昔からよく聞いてきたセリフに対して、私はやっぱりいつも言ってきた言葉を返す。

「梨々子《りりこ》ちゃんだってさ、悪気が……ううん、ちょっとはあるかもだけど、でも悪気100％ってハズはないよ」

「……」

「今は、なんていうか、利害の不一致的なのがあって、悪い部分ばっかり見えちゃうだけ。それさえなければ、みんなと同じように笑い合えるはずだって思う。……ううん、一緒に笑い合えるようにしちゃえば、仲間外れにする意味はなくなるよね？」

その姿勢を貫いてきた結果、私はみーちゃんという無二の親友を得た。ゾムくんや大森くんという、かけがえのないひと夏を共有できる友達ができた。どこよりも結束力の強いクラスで、球技大会を優勝に導けた。

そう、まるで青春小説みたいな、輝かしい日常を過ごせているんだ。

それが間違いだった、なんてことは、絶対にない。

その確信を持って、私は断言する。

「だから、私のやってることに意味はあるんだ、って思うよ」

でも――。

「……なんでわざわざそっちにいくんだよ」

不快げに眉《まゆ》を寄せて、大森《おおもり》くんは吐き捨てるように言った。

「そ、そっちって？　私、何か変なこと言ってるかな……？」

いったい何がダメなんだろうか、と頭を思い悩ませる。

すると。

「一つも言ってない。全部間違ってないし、正論」

「なら――」

「だからじゃん？」

――え。

だから……？


「そんな理想論、マジで実現しようとしてんならさ。それ、普通じゃないよ」

――その言葉に、なぜだか私の心が、ざわついた。

普通じゃ、ない……？

いや……そんなことは、ないと思う。

だってそもそも、周りにいるみんなに笑ってほしいって気持ちは特殊なものじゃない。だれだって多かれ少なかれ思ってる普通のことだろう。

それをなるべく多くの人に、手の届く限りの人にやろう、って思ってるだけ。ただ人よりも少しだけできることが多いから、手の届く範囲が広く見えるから、すごいことのように見えるだけだ。

「……いや」

私が黙っていると、大森くんはバツが悪そうな顔になって髪をかき上げた。

「悪い。ちょい言いすぎたかも」

そう呟《つぶや》く大森くんは珍しく、失敗した、って表情でいて。

そんな顔をさせてしまったことに、私は後悔した。

……失敗したのは私だ。

私の受け答えが悪かったせいで、大森くんに不快な想いをさせてしまった。

せっかくさっきまで楽しく笑い合えていたのに、このままだと最後の最後で思い出にケチがついてしまう。

だから——せめて。

「ううん、私は全然気にしてないよ。それより……ありがとう大森《おおもり》くん」

「……」

「私が無理してないか、って心配してくれたんだよね？」

大森くんがこんな話を切り出したのは、私を気遣ってくれたからだと思う。性格的にそれをストレートに言えなくて、ちょっと皮肉めいた言い方になってしまっただけに違いない。

だから、せめて。

その真意を、きちんと汲《く》んで答えなきゃ。

「でも私は大丈夫。だってさ、今までそうしてきて、大変だとかやめたいとか、思ったことないもん。こうしてみんなと毎日を笑って過ごせて、すごい幸せだもん」

「……」

「だから、心配しないで。ね？」

すると大森くんは、その顔から感情の色を消すと、私から目を逸《そ》らした。

そして、おもむろに口を開く。

「——三鷹《みたか》は、常にうざいけど。馬鹿すぎて逆に清々《すがすが》しいから、ツルむのは悪くない」

「え……？」

「品川《しながわ》は他の女連中と違ってがちゃがちゃしてないから、一緒にいても苦にならない」

それは——。

大森くんが、めったに口に出さない。嘘《うそ》偽りのない本音だった。

「清里《きよさと》は……タメで初めて、できる奴だ、って思った」

「ん……」

「だからそれ以外は、マジでどうでもいい」

——……。

「どうでもいい連中にまで気ぃ使ってると、いつか痛い目みるよ。

周りの連中って、マジでどいつもこいつも救いようのないヤツしかいないから」

それきり、大森くんは黙ってしまった。

私は何か言おうとして、でも何を言っても大森くんには受け入れてもらえない気がして、結局口を噤《つぐ》む。

当然みーちゃんの話をできる雰囲気でもなくて、お互い無言のまま時間が過ぎていく。

——気づけば、私たちのゴンドラは一番高いところにいた。

遠く彼方に見える高層ビルが、沈みゆく夕陽に照らされて真っ赤に染まっている。

嘆息するほど綺麗《きれい》なはずのその景色を、どこか別世界のようにぼんやりと眺めながら、私は大森《おおもり》くんの言葉を反芻《はんすう》する。

――それ、普通じゃないよ。

……昔から。
すごいとか、天才だとか。
そういう言葉は、たくさん言われてきた。

でも――その。

普通じゃない、って表現が。

どうしてか、耳に残った。

幕間　普通との格差

Who decided that I can't do romantic comedy in reality?

——４つ先のゴンドラ。


「あーなるほど、そういうワケね。色々納得したわー」

「本当にごめん……。まさか、こんなことになるなんて……」

「イヤイヤ、未春《みはる》チャンが謝るようなこっちゃねーって。まぁ仕方ねーんじゃん？」

「……」

「で、それが話したかったワケ？」

「……ううん。その……」

「アン？」

「三鷹《みたか》君は、さ。これから……芽衣《めい》、と、ど、う、な、り、たい、　の？」

「……、アー、悪い。どういうイミかよくわかんね」

「誤魔化さなくてもいいよ。わかってるから」

「…………そんなオレ、わかりやすい？　この前朝陽《あさひ》にも言われたんだよな……」

「え……なんて？」

「イヤ、『いつまでもオトモダチで満足なのか』ってさ」

「どう答えたの？」

「いや、そん時は誤魔化しちまった。そしたらアイツ、『好きにすりゃいいけど、俺も好きにする』みたいなこと言い始めてさ」

「……！」

「アイツたまにワケわかんねーんだよな……聞いても答えてくんねーし」

「…………三鷹《みたか》、君」

「？」

「実は、ね——」


——。


「——マジか。え、色々マジで？」

「……うん」

「マジでかー……クソ、つーかそうか、だからアイツ、あんなこと……」

「だから協力、してくれる？　私も手伝うから」

「あ、いや……その、手伝ってくれんのはうれしーけど。でもさ、そんな状況じゃ——」

「わかってる、わかってる」

「――」

「わかってるけど……私、このままは、無理なの」

「……未春《みはる》チャン」

「ごめん……最低だよ、ね」

「そんなことないって。オレにも気持ちわかっからさ、仕方ねーよ」

「じゃあ――」

「……そーだな。ムカつくけど、朝陽《アイツ》の言う通りだ。こうやってぼんやりお利口してる方が色々ナイわ。ヨシッ、覚悟決めた！」

「……ごめんね……本当に、ごめん……」

「イヤイヤ、なんでそんな謝るん？　何も悪いことしてねーじゃん」

「……」

◆

「つーかさ……やっぱり、こーやってワガママ言う方が普通、だよなぁ――」

――6つ先のゴンドラ。


「それにしてもさ。清里《きよさと》ってどこにいてもリーダー気取りだよね。偉そうっていうか」

「え、そうか？　俺は別にそんな……」

「うわ、なにお前。一緒に遊んでるうちに勘違いしちゃった？」

「騙《だま》されやすっ。連絡先交換したくれーで惚《ほ》れちゃった系？」

「ち、ちげーっつの！　ただ別に、そんな嫌な子じゃなくね、っていうか……」

「あのねぇ……そんなの猫被ってるに決まってるじゃん。元子役とかってウワサだし」

「いや読モだろ。『街角の天使ちゃん』みたいな謳《うた》い文句で載ってたの見たことあるわ」

「つーかそんな全国区の美少女サマが俺ら一般人相手にするわけなくね？　住む世界違いすぎんだろ」

「……まぁ、そう言われっと」

「てかあんなのさ、絶対ポイント稼ぎだよ。周りにイケメンばっか侍《はべ》らせてる時点でもうお察し、っていうか」

「んで地味な子横に置いて自分の格上げてるんでしょ？　完全に当て馬扱いだよね」

「あー、だからあんなチグハグな組み合わせなのか……だとしたらナイわなぁ」

「――ま、でもさー？　そのうち痛い目見るんじゃないのー？」

「え、梨々子《りりこ》怖っ。なになに、裏でシメるとか？」

「んなわけないじゃーん。私そういう頭わるーい不良とかじゃないしー。そんな目立つことやって自分の将来台無しにするとかありえないしー」

「それじゃ、どういうこと……？」

「だってさー？

住む世界の違う天使ちゃんと、普通の人間が一緒にいられるわけなくない？」

本編・第三章　文化祭準備

Who decided that I can't do
「romantic comedy in reality?

夏休みは、過ぎ去るのも早い。

私は8月にテニスの全国大会があってその練習に明け暮れ、ゾムくんはサッカー部の世代交代に向けた引き継ぎで四苦八苦、みーちゃんと大森《おおもり》くんは夏季講習でカンヅメになっていた。

一応、墨太川《すみだがわ》の花火大会に行く予定も立ててたけど、今年はあいにくの悪天候で中止になってしまって、テレビで過去映像を見ておしまいだ。

結局、みんな揃《そろ》っての遠出はサマーパークだけ。あとはいつものように学校近くのファミレスでお茶したり、馴染《なじ》みのお店に服とか雑貨の買い物に出かけたくらいで、中3の夏は終わりを告げた。


——そして、9月に入り。

学校は、文化祭の準備期間に突入する。

「そーそー、いい感じ！　あともうちょっと声大きめでー！」

場所は体育館、ステージ前。

私はぐるぐるに巻いた台本をメガホン代わりにして叫んだ。

「ストップ！　ちょーっと動きが地味かなー。ステージ目一杯使ってやれるー？」

「あいよー、カントク！　じゃあ大道具元に戻せー！」

舞台上の主演兼チームリーダーであるゾムくんが手を振って答え、続けて裏方のクラスメイトに指示を出す。

その号令を受けたみんながガヤガヤと壇上に集ってくるのを見ながら、私はよっこいしょとパイプ椅子に腰掛けて、カラカラになった喉《のど》を水で潤した。

――赤川学園《うち》の文化祭では、ステージパフォーマンスの時間がある。

主に吹奏楽部や軽音楽部が演奏を披露する枠だけど、友達同士で組んだバンドや漫才みたいな、有志グループによる出し物もいくつか行われるのが恒例だった。

そこで今回、私たち3年A組は、30分のミニ演劇を披露することになったのである。

「はぁ……もうめっちゃ緊張する」

ふと、私の隣で出番待ちをしていたまっつん――松原結菜《まつばらゆいな》ちゃんが心配そうに漏らした。

まっつんは、今回の演劇の主演女優だ。元々演劇が好きな子なんだけど、うちの学校に演劇部がないせいでずっと観る専で、常々「いつか役者もやってみたいなー」と話していた。

それで、ちょうどいい機会だと思った私が推薦し、みんなの賛同を得て、晴れて主演女優として抜擢《ばってき》されたのだった。

「てか、芽衣《めい》はさ……ほんとに主役やらなくてよかったの？」

「ん、急にどうしたの？　私はこっちの方が性に合ってるって言ったじゃん」

ぽんぽん、と台本で手を叩《たた》きながらそう答える。

そりゃ一応乙女の端くれだし、主演女優って言葉に憧れがないわけじゃない。ただ企画の言い出しっぺは私だし、それならそのまま責任者をやるのが筋だろう。

もちろん他に監督に向いてる人がいれば別だけど、うちのクラスは役者気質《プレイヤー》の人が多いし、みんな自分の力を最大限発揮できるポジションにつくのが最善なのは言うまでもない。

「でも……やっぱり、主役は芽衣の方が映えるって。そもそも相手役が望君《のぞむ》だし」

んー、あはは。

まぁ、主演男優《そ　れ》がゾムくんだからやらない方がいい、っていうのもあったんだけどね……。

私が曖昧《あいまい》に笑いながら頬《ほお》を掻《か》いていると、まっつんは不安げな顔のまま続けた。

「私とか別に可愛《かわい》くないし、全然セリフ覚えられないし、すぐ噛《か》んじゃうし……やっぱ役者とか向いてないのかな、って。それに、もし本番で失敗したら、とか思うと――」

「はいカット！」

私はペシンと台本を鳴らして遮《さえぎ》って、まっつんの目を覗《のぞ》き込む。

「そもそも、まっつんが探してくれた台本でしょ？　恋愛劇の主役やってみたい、ってずっと言ってたじゃん」

「それはそうだけどぉ……」

「大丈夫大丈夫、めっちゃハマり役だし、ちゃんと練習のたびに上手になってるよ。まだ準備期間あるんだから、ちょっとずつ頑張ろ？　ね？」

「………うん」

しばらく黙ってから、こくん、と首肯《しゅこう》するまっつん。

うんうん、と私は頷《うなず》いて、安心させるように両肩にぽんと優しく手を置いた。

「大丈夫、この名監督がカンペキに指導しちゃうから！　芽衣だけにね！」

「……あは、しょーもな」

やっと笑顔を見せてくれたことに安堵《あんど》し、私は再び壇上に意識を向ける。

「さっ、続きやろ！　ゾムくーん、準備ＯＫー？」

「おー！」

そのまま舞台袖《そで》までまっつんを誘導してから、監督席へと戻った。

ふぅ……さっきまで失敗が続いてたせいか、ナイーヴになってるみたいだなぁ。性格的にちょっと心配性なところがあるから、それが悪い方に出ちゃってるのかな。

私は舞台上で忙《せわ》しなく動いているクラスメイトを見つめながら、冷静に考える。

――現実問題、まだみんな通し稽古ができるレベルには達していない。

準備期間はまだ中盤ってとこだけど、もうそろそろセリフとか動きとか、そういう基本的な部分は身についていないと厳しい。

もちろんみんな、手抜きなんてせず頑張ってくれてる。

だから足りないのは、単純に練習時間だ。

……やっぱり、演劇にまで手を出すのは無理があったのかな。

文化祭では、全クラス共通の出し物として模擬店がある。これが球技会のようにクラス対抗戦になっていて、毎年どのクラスも本気で取り組むメインイベントの扱いだ。普通はそれだけで手一杯で、クラスでステージパフォーマンスまでやることはない。

ただ今回は、生徒会の友達から「参加グループがあと1組足りないから助けてほしい」と泣きつかれちゃって、断るに断れず受けてしまったのだった。

みんな提案した時はノリノリだったし、反対意見も出なかったけど……予想以上に手間がかかってしまい、放課後のみならず朝も昼休みもフル稼働なのが現状である。

演劇チームに人を割いた分、模擬店チームの進捗《しんちょく》もよくないらしい。そっちの統括《リーダー》をしてる副委員長《タッキー》は吹奏楽部で、部活の練習との両立も大変らしく、疲れているのが目に見えてわかるようになった。

うーん……この辺りで、体制の見直しが必要……かなぁ。

各チームそれぞれ自分たちの担当に専念してもらった方が効率的だと思ってたけど、そうも言っていられなそうだ。このあたりで指揮系統を統一して、フレキシブルに人員配置できるようにした方がいいかもしれない。

幸い、私にはまだキャパがある。演劇の監督と並行して、模擬店側の管理仕事も巻き取ってしまおう。

あと予算もカツカツだっていうからその調整と、スケジュールの引き直し。打ち上げの企画もそろそろ動いておいた方がよさそう。みんなのメンタルケアもしたいな。

……うん。ちょーっと寝る時間は少なくなるかもだけど、いけないことはない。

お肌を犠牲にするくらいで解決するなら安いもの。みんな頑張ってくれているんだし、私もできる限りのことはしなきゃね。

それにその分、やり遂げた時の達成感はきっと最高だ。

みんな大満足で、今まで以上に満ち足りた気持ちで笑えるに違いなかった。

——……。

うん。これは別に、おかしな考え方じゃないはずだ。


「——配置オッケー！　始められんぞー」

「あ、はーい！」

いけない、気を抜いてる場合じゃない。今は演劇のクオリティアップに集中しなきゃ。

「それじゃあシーン12、テイク３！　アクション！」

私は脳内でこれからの動きをシミュレーションしつつ、パシンと台本を叩《たた》いてスタートの合図をした。

◆

次の日の放課後。

今日の活動に入る前に、早速考えてきた新体制を発表した。

「――まとめると、基本はさっき渡したスケジュール表に従って動いてもらいつつ、その日その日で手が足りないチームに助っ人的に手伝ってもらうかも、って感じです。だれに何を手伝ってもらうかの指示出しは私の方でやるので、クラスRINE《ライン》はよくチェックするようにしてくださーい」

教室中から、はーい、と返事が返ってくる。

「あとわからないこととか、問題が起こった場合も私にあげてもらえれば、なんかいい具合になるようにします！　よろしく！」

今度は、ははは、と笑い声が漏れた。

うん、やっぱりクラスの雰囲気はいつも通り悪くない。調整だけ完璧《かんぺき》にやれればまだまだ頑張れそうだ。

「あー、っと……清里《きよさと》?」

と、模擬店チームのリーダーだったタッキーが、おずおずと手を挙げていることに気づいた。

「うん?　タッキー、どうかした?」

「その新体制って、さ。つまり僕は用済みってこと……?」

浮かない顔でそう尋ねてくる。

タッキーこと高井戸《たかいど》新《あらた》くんは、クラスの盛り上げ担当だ。愛嬌《あいきょう》のある芸人タイプの男の子で、よく有名芸人のモノマネをしてはみんなを笑わせている。

その振る舞いの軽さから一見お気楽に見えるけど、内面は結構繊細で、部活の大会前は緊張でお腹を壊すことがままあるらしい。

私は安心させるように、優しいトーンを意識して続ける。

「用済みだなんて、そんなことあるわけないよ。今さ、部活の方がピークで切羽詰まってるって聞いたよ?　両立、大変なんだよね?」

「それは……そう、なんだけど」

「それも踏まえての配置変更なんだよ。だってそれで体壊したりしたら大変だもん」

タッキーは気まずそうに顔を曇らせて俯《うつむ》いた。

元々タッキーはあまり管理《リーダー》に向いているタイプじゃない。というかうちのクラスでその手のことができるのは私とゾムくん、あと裏方限定でみーちゃんぐらいのものだった。

でも私もゾムくんも演劇に回ってしまったし、みーちゃんには衣装関係の担当を任せてしまった。タッキーは副委員長っていう肩書きに甘えて適性度外視でお願いしてしまっただけだ。

なんだか微妙な空気が漂ってしまったのを察して、私はニッと悪戯《いたずら》っぽく笑う。

「それに、大丈夫！　タッキーには、これから一番大変な肉体労働をたくさんやってもらうから！　あとは買い出し！」

「ええっ、それただの使いっ走りじゃん！」

「そうとも言う！」

私の軽口に、再びクラスメイトから笑い声が漏れる。

うん、これでちょっと場が柔らかくなったかな。

今度は優しく笑って、私は続ける。

「今までたくさん頑張ってくれてありがとう。だから大変な時くらい頼って。ね？」

これまで文句の一つも言わず頑張ってくれただけで充分だ。今度は私が、その頑張りにきちんと報いないと。

するとタッキーは俯《うつむ》いたまま、少しの間もごもごと黙り込んだ。

ん……？

「……まぁ、清里《きよさと》がそう言うなら。今後は雑用担当大臣頑張りまっす！」

と、次の瞬間、冗談めかした調子で軽口が飛び出した。

ドッ、とみんなから笑いが漏れて、クラスの雰囲気が明るくなる。

あはは、そうそう。やっぱりタッキーは、そういうムードメーカーなところが一番の魅力だよね。

私はパンパンと手を鳴らして衆目を集める。

「じゃ、他に質問がなければ今日からそんな感じで！　演劇チームはいつも通り、体育館の割り当て時間中はフルで稽古。それ以外の時間は空き教室でセリフの確認ね。模擬店チームはこの後情報共有したいことがあるからこのまま残っててー」

みんなの了承を受けて、その場を一時解散とする。

ザワザワと急に騒がしくなった教室で、私は自分の席へと戻った。

さってと、それじゃあ意識を切り替えて。次の資料はっと――。

「芽衣《めい》」

と、そこへゾムくんがやってきた。

「うん？　どうかした？」

「そんないろいろ引き受けちまってさ、マジで大丈夫か？」

その声色はどこか心配そうだった。

相変わらずゾムくんは、こういう時優しいなぁ。普段は全然なのに、だれかが困ってたり大変そうな時は必ず気遣ってくれるんだよね。

その気持ちは嬉しいけど、今回のはいらない心配だ。お肌以外は大変じゃないしね。

私は、むん、と力こぶを作ってから冗談めかして答える。

「よゆーよゆー。だって私は無敵の芽衣《めい》ちゃんだから！　このくらい朝飯前ですよ」

「ったくよ……そうやってすぐ抱《かか》え込むよな、芽衣って」

……お？

「まっ、しゃーない。オレも手伝うわ！」

やれやれ、という顔で返された言葉を受けて、私は目を丸くした。

あれ、さっきまでの話がうまく伝わってないかな？

「オレに頭使うことはできねーけど、芽衣にばっか無理させてたらダセーしな」

「んー、っと。ゾムくんは、ひとまず演劇に専念してくれて大丈夫だよ！　それより早いとこ長台詞《ながぜりふ》覚えてねー」

「モチ、そっちの手を抜くつもりはねーよ。当たり前だろ」

「あはは、んー……」

あれ、なんでだろう。いつもならこのくらいの温度感で察してくれるんだけどな。

虚勢を張ってる、とか思ってるのかな。ちょっと冗談めかして言いすぎちゃった？

私は少しだけトーンを真面目な方に寄せて口を開く。

「えっと……ほんとの本当に大丈夫だよ？　調整っていっても全体のチェックをするくらい

だし、手伝ってもらえることもほとんどないしさ」

「イヤイヤ、細々《こまごま》した雑用くらいあるだろ。そういうの分担して悪いこととかねーじゃん？」

……むぅ。なんか、いつになく意思が固そうだなぁ。

手伝ってくれるのはもちろんありがたい。でもゾムくんは演劇チームのリーダーだし、私がいない間の仕切りを考えると、変に全体の運営にまで手を出さない方がいい。

あと――。

私が目線だけで周囲を見回すと、何人かの女子がチラチラとこちらの様子を窺《うかが》っているのが見えた。

正直なところ……文化祭でゾムくんと二人っきりで接する機会は、なるべく少なくしたい。

やっぱり文化祭っていうのは、こと恋愛絡みの空気が漂いがちだ。これを期に好きな人に告白するんだ、って意気込みの人は男女問わず多い。

うちのクラスの、ゾムくんへ好意を寄せている子たちの中にも、そういう気配はある。

そうでなくとも梨々子《りりこ》ちゃんに目をつけられちゃってるし、これ以上誤解を受けそうな行動は避けるべきだ。統括の立場を悪用してイチャつこうとしてる、みたいに誤解されてしまうのも非常によろしくない。

それに――。

ゾムくん自身も、その空気に当てられないとも限らない。

それだけは、絶対に避けないと。

私は少しだけ考えて口を開く。

「……わかった。じゃあ手伝ってほしい時は、私から声かけるね。だからそれまでは演劇の方に集中してほしい」

いつもより気持ち強めに、そう告げた。

ゾムくんの気遣いは善意によるもので、それは無碍《むげ》にするのは心苦しい。

だから一旦お言葉に甘えることにして、私の方で二人きりになる機会ができないように調整すればいい。その方が全面拒否するより問題は起こりにくいはずだ。

ゾムくんもそれで納得することにしたのか、ビシ、と芝居がかった敬礼のポーズを取った。

「リョーカイ、カントク！　じゃー、いっちょ暗記タイム頑張るわ！」

「うん、よろしく！　あ、後で覚えたかテストするからね。間違えるたびにジュース奢《おご》りで」

「エ？　それはちょっと厳しくね……？　てかまた太」

「何か？」

「ナンデモナイデス」

よし、これでいつも通り。

私は鉤爪《かぎづめ》形にした指を元に戻してからゾムくんを見送って、ふぅ、と小さく息を漏らす。

さて、それじゃプリントプリントっと。

「……ん」

ふとそこで、後ろの席にいた大森《おおもり》くんと目が合う。

私は笑って小さく手を振ったけど、大森くんは素知らぬ顔で立ち上がるなり教室から出ていってしまった。

うーん……。

やっぱりあのプール以降、大森くんと距離があるように感じる、よね。

みんなでいる時は変わらないし、元々仏頂面でいることも多い人だから、いつも通りと言えばいつも通り。

でも今みたく、些細《ささい》なところで避けられているような感覚を抱くことがある。

心当たりといえば……観覧車の時の会話《あれ》、くらいだけど——。

「ねー清里《きよさと》、まだー？」「時間もったないぞー」「早く早くー」

「あっ、ごめんごめん！」

みんなにそう急《せ》かされて、私は首を振って雑念を飛ばす。

……いずれにせよ、やるべきことは変わらない。

みんなに笑ってもらうために、みんなでたくさん笑うために、できる限りのことをする。

私がどうとかはさておき、それは絶対に、間違ってることじゃないんだから。

とにかく、今は文化祭の成功がなにより大事！

私は気を引き締め直して、プリント束を取り出した。

◆

──翌日、放課後。

新体制で絶賛活動中のこと。

私はクリップボード片手に、各チームを回って細々《こまごま》した指示出しをしていた。


「おーい、みーちゃーん！」

被服室に入るなり、手を振りながら大声で呼びかける。

ガタガタと音を響かせていたミシンの音が止まり、窓側中央のテーブルにいたみーちゃんがひょいと顔を覗《のぞ》かせた。

「芽衣《めい》？　どうしたの？」

「今ちょっと大丈夫？」

私はミシンにかけられた布に目をやりつつ、部屋の中央まで歩いていく。

衣装チームは5人と多めに人員を配置していて、みーちゃんにはそのまとめ役を任せていた。

演劇は現代劇だから特別な衣装は必要ないんだけど、模擬店の方がメイド喫茶で、そちらの準備に手間がかかるためだ。ついでに模擬店は食べ物の方に拘《こだわ》ったから予算がギリギリで、裾《すそ》上げとか小物の準備を自前でやらなきゃいけない、って事情もある。

みーちゃんがこちらにやってくるのを待ってから、私はクリップボードに目を落とす。

「えーとね。今からでもなるべく予算を圧縮したくって、衣装の点数を減らそうと思ってるんだけど……なんとか裾上げとかで対応できないかな？」

「そんなことだろうと思って、最初からそれ想定したの選んでるよ。当日は安全ピンで留めればすぐ調整できるから」

「おっ、さっすがー！」

んー、みーちゃんはほんと細かいとこ気が利くなぁ。任せといてよかったー！

「今はカチューシャ作ってる。時間はタイトだけど、これも買うとそこそこするでしょ？」

「もう何も言うことないです。好き！」

「ちょ、抱きつかないでったら！」

ぐいーっ、とわりと強めに拒否られてしまった。ちょっとショック。

「……で、用事はそれだけ？」

「あ、あと足りないって言ってた布だけど、さっきゾムくんと大森《おおもり》くんに買い出し頼んだから、もうすぐ届くと思うよ。それから糸とかボタンみたいな細々したもののレシートは後でまとめて回収するから、一回みーちゃんの方で集めておいてもらって——」

私が説明を続けていると、不意にみーちゃんが、チラッと私の後ろに意識を向けたような気がした。

うん……？

「はいはい、とにかくここは大丈夫だから。心配しないで」

と、そんな素振りも一瞬で、今度はしっかりとした答えが返ってきた。

気のせいかな……まぁいっか。

とにもかくにも、衣装チームは順調、と。次は調理チームかなー。

私がノリノリで、タスクリストにチェックをつけていると――。


「いいねー、楽しそうでー」


ふと、左後ろのテーブルから、そんな声が響いた。

「……梨々子《りりこ》ちゃん？」

振り返って見れば、ミシンの向こう側に梨々子ちゃんとB組女子たちの姿があった。

あー、なるほど……みーちゃんの反応の意味がわかった。

見たところ、うちのクラスと同じように衣装の準備をしているようだ。確かうちと一緒でメイド喫茶をやるんだよね。

梨々子ちゃんはくすくすと笑いながら続ける。

「でも大変そー。こんなに忙しいのに演劇までやるとか、流石《さすが》A組だー」

んんー、珍しく向こうから話しかけてきたと思ったら、結局嫌味かー……。

いつもは無視されることの方が多いから、会話をしてくれるだけマシなのかな。どっちもどっちな気もするけどね……。

何にせよ、話しかけられた以上無視するわけにはいかない。なるべく不快にさせちゃわないように気をつけて接しよう。

「あはは、確かに大変だけどね。でもすっごく楽しいよー」

「失敗したらめっちゃダッサいよー？　ほんとに間に合うのー？」

「もちろん間に合うようにみんなで頑張ってるよ。ただもし失敗することがあったら、それは委員長《リーダー》の責任かなー」

「……あっそー」

と、一連の受け答えが不満だったのか、梨々子ちゃんは眉《まゆ》を顰《ひそ》めてミシンに向き直ってしまった。

しまった、失敗しちゃったかな。どうも梨々子ちゃん相手だとうまく対応できないな……。

頬《ほお》を掻《か》きながらなんとなしに梨々子ちゃんたちを見ていると、ふと近くの紙袋に大量の布地が置かれているのが目に入った。

よくよく注視してみれば、テーブルの上には型紙らしきものがいくつも積み重なっていて、うちに比べてその量は桁《けた》違いだ。

あれ、まさか——？

「えっ、もしかして、衣装全部手作り!?」

驚いて漏らした言葉に、梨々子《りりこ》ちゃんが反応を見せた。

「……だったら何ー？」

「めっちゃすごい！」

私は、はぁー、と感嘆の息を吐く。

梨々子ちゃんはもともとオシャレな子で、すぐそこのマルハチとか裏参道のショップなんかをしょっちゅう回ってる、って話は噂《うわさ》に聞いていた。現に制服のアレンジとかネイルとか、ファッション周りはだれよりも気を使っている。

でもまさか、縫製まで全部やれるとは思ってもみなかった。私は服飾の知識があるわけじゃないけど、メイド服みたいなのを一から作るのは素人《しろうと》目に見ても大変そうだ。

私は目を輝かせながら続ける。

「完全オリジナル衣装のメイド喫茶かぁ……それだけでめっちゃ気になるもんなぁ」

メイド喫茶をやるクラスはいくつかある。うちの場合、衣装はどうしようもないと判断して飲食に比重を傾けたけど、それでも提供できる食べ物なんてたかが知れてるし、食べてみないとよさがわからないのが難点だ。

その点、衣装の良さは傍目からでもわかる。パーティグッズみたいな安っぽい既製品と差別化できるのなら、それだけで目を引くはずだ。

それに模擬店の採点方法は売り上げじゃなくて人気投票だし、見栄えを重視した方が戦略としてはスマートだとも思う。

これは、一番の難敵になるかもな……うちももうちょっと作戦考えた方がいいかも。

私はうんうんと一人頷《うなず》きながら考えを巡らせる。

と。

「……はぁ」

不意に梨々子ちゃんが息を吐いて。

「そういう当てつけみたいなこと言うの、やめてくんない？」

「……え？」

当てつけ、って――。

言葉の意味がすぐ理解できずにぽかんとしていると、梨々子ちゃんはその顔を険しくして立ち上がった。

「どうせあんたがいるA組には勝てませんけどー？　衣装で誤魔化すくらいしかできなくてごめんねー？」

「ち、ちょっと待って。そんなつもりで言ったんじゃなくて……」

ど、どうして嫌味に捉えちゃうの？　そんなニュアンス込めたつもりないよ？

「えっと……うちはさ、最初から衣装を作るって発想はなかったから。だから、純粋にすごいな、って思ったんだよ。本当に」

できるだけ誠実に聞こえるように、梨々子《りりこ》ちゃんの目を真っ直ぐに見ながらそう伝える。

でも梨々子ちゃんは、嫌そうに顔を歪《ゆが》めて。

「……ほんっと、なんでこうナチュラルに上から目線なわけー？　マジうざー」

上から、目線？

今のが、どうしてそういう解釈になるの……？

「違う、違うよ。そんなつもりは――」

「あーはいはい、もういいでーす。ほんと関わって損したー」

私がどう返していいかわからず黙っていると、ザワザワ、と周囲が騒がしくなり始める。横目に、みーちゃんが不安げに顔を曇らせているのも見えた。

いけない……これじゃ、喧嘩《けんか》してるみたいに思われてしまう。こんなことで場の空気を悪くしてしまったら、だれのためにもならない。

……とにかく。

不快感を与えてしまったのは事実だし、謝って矛を収めてもらうしかないよね。

そう判断して、頭を下げようとしたところで――。

「自分から絡んどいて何言ってんの？　めんどくせー女」

急に目の前にYシャツの背中が現れたかと思うと、そんな言葉が耳に届いた。

私が呆《ほう》けた顔で見上げると、そこには――。

「大森くん……？」

手に布の入った紙袋を携えて、大森《おおもり》くんが立っていた。

その後ろ姿の向こう側で、梨々子ちゃんが声を上げる。

「……あれー？　朝陽《あさひ》も、衣装の担当だったっけー？」

「関わりたくないんでしょ？　まだ話しかけてくんの？」

「…………」

もしかして……庇《かば》ってくれてる？

ここから見上げても顔は見えない。ただ壁のように、梨々子ちゃんとの間に立ちはだかっている背中が見えるだけだ。

いや、間違いない。トラブルを察するなり、助けに入ってくれたんだ。

その気遣いに、思わず胸がジンと熱くなる。

――いや。

でも、

「……買い出しありがとう、大森《おおもり》くん！　これは預かるね！」

私はその手から紙袋をひったくると、とんとん、と背中を叩《たた》いた。

「さ、もう大丈夫！　早く大道具の仕事に戻ってあげて！」

そのやり方は――。

だれも笑えなくなるやり方、だよ。

そんな私の言葉を受けて、大森《おおもり》くんは上半身だけ振り返って、その顔をこちらへ向けてきた。

表情は、怒りが半分と。

あとは、呆《あき》れ。

「清里《きよさと》——」

「梨々子《りりこ》ちゃんも、邪魔しちゃってゴメンね！」

私はそれに気づかないフリをして続く言葉を遮《さえぎ》り、紙袋をガサガサさせながらみーちゃんの元へ向かう。

……ごめん、大森くん。

庇《かば》ってくれたその気持ちは嬉しいの。

でも大森くんのやり方じゃ、梨々子ちゃんの立つ瀬がない。私にも非があるのだから、一方的に彼女を悪者にするようなことをしたらダメだ。

私はどさり、とみーちゃんの横のテーブルに紙袋を置く。

「はいみーちゃん、さっき言ってた追加の布。これよろしくね」

「……、うん」

と、俯《うつむ》いて唇を結んでいたみーちゃんが、私を見上げる。

その顔は、なぜか感情の見えない無表情だった。

——……？

「……ありがとう芽衣《めい》。後は、任せて」

「あ、うん……」

そんな顔は一瞬で、みーちゃんはすぐに優しく微笑《ほほえ》んでそう言った。

なんだろう。

今、どうしてそんな顔を……？

「早く、次のところ行った方がいいよ。ここにいるとまた絡まれちゃいそうだから」

「……わかった」

私は後ろ髪を引かれる思いを抱きつつ、梨々子ちゃんの横手にある出口へと向かう。

みーちゃんの言う通り……私がいつまでもこの場に留まるのはよくない。これ以上事を荒立てないうちに退散しよう。

「──あっ、芽衣っ」

「わっ、と」

と、ちょうど梨々子ちゃんの横を通り過ぎようとしたところで、同じく買い出しに行っていたはずのゾムくんが目の前に飛び出してきた。

び、びっくりした……なんだ、一緒に戻ってきてたんだ。

私は正面に立ちはだかる長身を見上げる。

そこにあったゾムくんの顔には、なぜだか焦ったような表情が浮かんでいた。

「その、今の……お前は、なんも悪くねーよ！」

そして突如、中にも響く声量でそんな言葉が投げかけられ、私はぎょっとした。

「え、ぞ、ゾムくん？　急に何を……」

「いや、だって……今の、どう考えても梨々子《りりこ》がワリィだろ。謝るのは梨々子の方で――」

「――っ」

「ゾムくん！」

横で梨々子ちゃんが息を飲む気配を察し、声を張り上げてゾムくんの言葉を遮《さえぎ》った。

驚くゾムくんに、語気を強めて言う。

「こ、こういうのはやめよ。私は大丈夫だから……ね？」

言葉を飲み込んだゾムくんは、気まずげに顔を背ける。

ゾムくんまで、どうして急に梨々子ちゃんを責めるような……いつもそんなことしないのに。

なんだか、みんなの振る舞いに違和感が多くて落ち着かず、クリップボードを持つ力をぎゅっと強める。

……とにかく、今は私がこの場から立ち去るのが最善だ。早く行こう。

そして入り口の隙間をすり抜けるように部屋から出た。

――ただ、その去り際に。

「──ホント、いっつもキレイな顔ばっか。後悔しないといいねー?」

ボソリ、と。

無感情に呟《つぶや》かれた、梨々子ちゃんの言葉。

その意味は──その時の私には、わからなかった。

◆

それからしばらく、私たちは準備に明け暮れた。

かなりのハードスケジュールにもかかわらずみんなついてきてくれて、模擬店も演劇もなんとか予定通りに進捗《しんちょく》している。

気づけば本番まではあと1週間を切っていて、今はラストスパートの真っ最中。

みんなの疲労もピークだけど、あと少しだけ頑張れば、全部うまくいく──。

と、そういう時に。

トラブルは、起きるのだ。

「――材料が、足りない?」


模擬店に使う食材が届き、教室でそのチェックをしていた時のこと。

唐突に判明したその事実に、場は騒然とした。

「え、何? 何が足りねーの?」「砂糖!? よりにもよってソレ!?」「ちょ、ちょっと待ってよ、それじゃ何も作れないじゃん!」「おいおいおい、どうすんだよ……!」

「ハイハイハイ、落ち着けーお前らー!」

ゾムくんが手を打ち鳴らして混乱を鎮めようとしているが、みんな落ち着く様子がない。たぶん、あと一歩というところで起こったビッグトラブルに、不安が爆発してしまったんだろう。

「どうするの……? 今から申請しても間に合わないよ……?」

隣で管理表にチェックを入れていたみーちゃんが、難しそうな顔でこちらを見る。

私は努めて冷静に、衝撃の告白をした食材担当の子――神泉澪《かみいずみみお》ちゃんに聞き返す。

「えっと……生徒会に、発注書は出したんだよね?」

私が模擬店チームの管理に入った時には、既に必要な材料の発注は終わっていた。

タッキーに聞いた話だと、実家がケーキ屋さんの神泉ちゃんに取りまとめを任せた、って話だけど――。

「それが……」

神泉ちゃんは真っ赤に腫《は》らした目を擦《こす》りながら答える。

「プリント、一枚、出し忘れてた、みたいで……」

──っ。

ザワッ、と教室にさらなる動揺が走る。

「わ、忘れてたぁ?」「ちょ、そんなことある!?」「つかそれ今さら言うことじゃねーだろ！」

あぁ、そっか……だからここ数日、ずっと元気がなかったんだ……。

ただの疲れと決めつけていたことに後悔し、ぎゅっと拳《こぶし》を握りしめる。

神泉ちゃんは大人しい子で、ちょっと気の弱いところがある。きっと言い出したくても言い出せなかったんだろう。

「ホントあんたはっ……！　なんでもっと早く言わないの……！」

その隣で、神泉ちゃんと仲良しの女の子──駒場凛《こまばりん》ちゃんが、怒り冷めやらぬといった様子で声を荒げている。

駒場ちゃんは調理担当で、毎日自分のお弁当を作って持ってくるくらい女子力の高い子だ。

そして協調性を重んじる子でもあるから、みんなの足並みを乱すような行動に厳しい。

そんな彼女も今さっき真相を知ったばかりのようで、ここに来る前に散々やり合ったらしかった。

神泉《かみいずみ》ちゃんは再び瞳を潤ませ、両手で顔を覆う。

「だ、だってぇ……！　店《ウチ》の方で用意できるかも、って思ってたから……！」

「生徒会に無許可でそんなことできるわけないじゃん！　何のために申請してまとめて買ってもらってると思ってんの！」

「そ、それにっ。み、みんな頑張ってるのに、足引っ張りたくなくて……」

「だから……っ、こっちのが迷惑になるに決まってるでしょ！　この馬鹿！」

「う、うぅっ……！」

「まーまーま、落ち着いて落ち着いて」

私はヒートアップする駒場《こまば》ちゃんを宥《なだ》め、みんなに聞こえるような声で自信満々で言い放つ。

「大丈夫っ！　こういう時のためにね、自主購入申請って抜け道があるんだよ。前に生徒会の子に教えてもらったの！」

「そんなの知ってるし！　どのみちもうお金なんて降りないじゃん！」

「ふふん。実はこんなこともあろうかと、他のとこで予算ちょっと余らせてあるんだよね」

「はっ……？」

ぽかん、と口を開ける駒場ちゃん。

クラスメイトもみんな一様に「えっ、マジで？」という顔で驚いていた。

「め、芽衣《めい》ちゃん……それ、本当……？」

呆然《ぼうぜん》とする神泉ちゃんに向けて、どん、と胸を叩《たた》く私。

「ほんとほんと。このくらいのアクシデントは折り込み済み、ってね！」

それから安心させるように優しく笑いかけ、ポケットからハンカチを取り出した。

「だから泣かないで。ごめんね、もっと早くに気づいてあげられればよかったね」

実際、管理を引き継いだ時に再チェックをしなかった私の落ち度でもある。みんなキャパオーバーに近い状態で働いてたんだ、ミスがあることを前提に動くべきだった。

「芽衣ちゃん……！　ご、ごめん、ほんとに……！」

「ううん。これまで一人で頑張ってくれて、ありがとね」

ざわついていた他のみんなも、致命的じゃないと知ったことで安堵《あんど》する様子が伝わってきた。

ふぅ。これでなんとか収拾つくかな……。

「――てか清里《きよさと》。あんた、予算足りないとか言ってなかった？」

が、しかし。

今度は駒場ちゃんが、納得いかなげな顔でそう言った。

「だからめっちゃ節約したってのに。余りとかあるならもっと作れるものあったのにさ」

「あ、えーと……余りとは言ったけど、厳密には違くてね。予備費って言って、万一に備えたプール金を用意しておくのがこういうイベントの常識なんだって。もし最後まで何にも使わなかったら打ち上げ代にするつもりだったんだよ」

「……よくわかんないけど、じゃあなんでそれ隠してたわけ？」

「ううん、内緒にしてたつもりはないよ！　ただお金の話って、興味ない人には眠いだけじゃん？　だから聞かれたら答えよう、って思ってただけなの」

「あっそ……」

駒場《こまば》ちゃんは未だ不満そうな様子のまま、ツンとそっぽを向く。

元々気の強い子だけど、今日はことさら当たりが強い。持ち前の責任感と、本番前のストレスのせいで気が昂《たかぶ》ってるんだろう。

私は少しでも誠意が伝わるように、深々と頭を下げる。

「ごめん。そうだよね、調理の責任者は駒場ちゃんだもん。事前に伝えておくべきだった」

「……別に。清里《きよさと》がやることに間違いとかないし」

駒場ちゃんはぶっきらぼうにそう言うと、ツカツカ歩いて行ってしまった。

今は、放っておいてあげた方がいいかな……落ち着いたら改めてフォローをしよう。

私は気持ちを切り替えて、これからの対応のために神泉《かみいずみ》ちゃんに話しかける。

「それじゃ時間もないし、どういうの買えばいいか教えてくれるかな？　私の方で生徒会に申請して、材料も用意しとくから」

「えっ……で、でも悪いの私だし、全部私が」

「気にしない気にしない、こういう時のための委員長です！　あとはスーパー中間管理職の芽《め》衣《い》ちゃんに任せて、神泉ちゃんは念のため他にも材料の抜けがないかチェックしといてくれる？　みんなももう担当の仕事に戻って大丈夫だよー！」

そう言って半ば強引に後処理を巻き取り、その場をお開きとした。

――よし、今度こそちゃんと収まった。

私が安堵《あんど》の息を漏らしていると、みーちゃんが心配そうに声をかけてくる。

「芽衣――」

「うん？」

「……ううん。何でもない」

が、何やら言いかけてやめ、胸に抱《かか》えていた管理表を私に手渡すと、自分の持ち場へと戻っていった。

んー、あはは。なんだろうなー？

私が素知らぬ顔で首を傾《かし》げていると、黙って事の成り行きを見守っていたらしい大森《おおもり》くんが無言で私の横を通り過ぎる。

……と、思ったら。

「嘘つき」

ぼそり、と。

そんな一言を置き去りに、教室から出ていった。

……なんだよもー、みんな怖いなー。

私は肩を竦《すく》め、受け取った管理表で不足している砂糖の分量を確認する。

――さて、と。

お小遣いで、足りるかなぁ……。

◆

――放課後。

演劇の練習を終えた、その後。

「んんー、結構めんどくさいー！」

一人、教室で申請書類を作成していた私は、ぐっと背筋を伸ばしながら愚痴を漏らした。

食品だから色々気を使わなきゃいけないのはわかるけど、メーカーとかどこのスーパーで買うかとかまで書く必要あるのかな？　ナマモノでもないのに……。

ただ差し戻しとかされたらタイムロスが発生しちゃうし、のんびり質問していられる余裕もない。なんとか項目を埋めて、明日の朝一で承認を貰《もら》っちゃいたいところだ。

そんなことを思いながら外を見ると、すでに日は落ち切って真っ暗だった。

さっきまでそこかしこで聞こえていた作業の音も知らぬ間に止《や》んでいて、今はパタンパタンと靴箱の開く音が遠く響いている。

「……うわ」

それもそのはずで、もう完全下校の時間を過ぎていた。サクッと終わらせて帰るつもりだったのに、ちょいちょい別の仕事を挟んだりしたせいで遅くなっちゃったな。

文化祭シーズンだから若干緩《ゆる》くはなってるけど、すぐにここにも巡回の先生がやってくるだろう。流石《さすが》に注意されたら帰らざるをえないから、タイムリミットはそれまでだ。他にもやることはあるし、お仕事の持ち帰りはこれ以上ごめんです。

私はきゅるきゅる鳴り始めたお腹を押さえながら、水筒に汲《く》んできた水を一口飲む。

いつもならお菓子の一つでも摘むところだけど……ざっと計算した感じ、お小遣いが一文無しのすっからかんになりそうで、こうして給水器の水で飢えを凌《しの》ぐことにした。

いや違う、こう考えよう。これはダイエットのチャンスだ。お肉を減らすための試練だってことにすれば、空腹にも耐えられるはず！

そんな私の決意に「きゅるるん」と抗議の音を上げたお腹をスルーし、再び書類に向き合う。

えーと、メーカー名メーカー名……検索したら出てくるかな。

――ガラッ。

と、私がスマホで検索を始めた矢先、教室のドアが開く音がこだました。

うわっ、今日は早いな、先生！

「あはは、ごめんなさーい！　もう帰りま……あれ？」

慌てて机の上を整理しようとしたところで、人影が制服姿だったことに気づいた。

うん……？

「……大森《おおもり》くん？」

と、そこには——ビニール袋片手に一人佇《たたず》む、大森くんの姿があった。

「あれ、大道具チームってまだ残ってたんだ？　もしかして、何かトラブル？」

私は目をパチパチとさせながら尋ねる。

大森くんはその質問には答えずに、無言でこちらまで歩いてくると、手に持った袋を隣の机にざしゃりと置いた。

「差し入れ」

「……え？」

私は口の開いたビニール袋を見やる。

その中には、チョコやクッキーといったお菓子がいくつか入っていた。

……えっと。

「どういうことでしょう……？」

「自腹でミスの分補塡したんでしょ。ほんとどこまでもお人好しだよね」

いきなり核心を突かれ、ごくん、と唾《つば》を飲み込んだ。

「……やだなー、そんなことあるわけないよー」

「噓《うそ》」

「噓じゃないもん……」

……やっぱり、さっきの「噓つき」ってそういうことか。

私は誤魔化しても意味がないとは知りつつも、なんとなく釈然としないので言い返す。

「その……気にしなくて大丈夫だよ。別にお腹とか空いてないし」

「いや、外まで響くくらい腹の虫鳴らしといてそれは無理があるでしょ」

「えっ、噓!?」

「噓」

「噓かーい！」

すぱーん、と。思わずゾムくんにツッコミを入れる時のノリで、大森くんを筒状にしたプリントでパンチしてしまった。

いけない、つい衝動的に。うーん、私もちょっと疲れてるのかも。

自分にもぺしぺしプリントパンチしていると、大森くんは隣の机に腰掛け缶コーヒーの口をかしゅっと開けた。どうやらこの場に残るつもりらしい。

にしても、ほんと鋭いなぁ……大森《おおもり》くん。私の嘘《うそ》を見抜けるのなんて、みーちゃんくらいだと思ってた。

それに加えて、私の反応まで見透かされてからかわれるとか。そういうの慣れてないから、なんだかもにょっとした気分になる。

まぁでも——。

私は黙ってコーヒーを口に運ぶ姿を見上げながら、くすり、と笑う。

この前の梨々子《りりこ》ちゃんの時といい、本当に優しいんだね……大森くん。

たぶんみーちゃんの時も、こんな風に手を差し伸べてくれたんだろうと思う。なんでも器用にこなせるのに、気遣いの仕方は不器用なのがなんだかおかしかった。

もっとこういうところを表に出せばいいのに。この優しさをごくわずかの相手にしか向けないのは、本当にもったいない。

「……大森くんはさ。なんで、みーちゃんを助けてくれたの？」

「は？　……急に何？」

訝《いぶか》しげな顔になってこちらを向く大森くん。

この前、聞こうとして聞けなかったこと……今なら、色々聞き出せるかも。

「ほら、いつぞや図書委員で、トラブルに遭ってたみーちゃんを助けてくれたんだよね？　きっと、こんな感じでさ」

「……」

「どうしてそうしてくれたのかなー、って。ちょっと気になって」

以前言っていたように、大森くんは『どうでもいい他人』に厳しい。

なのに手助けしてくれたってことは、みーちゃんはそのカテゴリに入らなかったわけで。その理由を聞き出せれば、心中を推《お》し量《はか》ることができるかもしれない。

大森くんは無表情に戻ってから私を一瞥《いちべつ》し、それから口を開いた。

「……単に、品川《しながわ》の言ってることのが筋が通ってて、他の連中はめんどくせーって理由を隠して詭弁《きべん》ばっか垂れてたのがムカついただけ」

そう言って、一口コーヒーを口に運ぶ。

「品川みたいなタイプじゃ、どうせすぐ周りに流されて意見曲げるんだろうな、って思ったけど。全然折れようとしないから、それで興味が湧いた」

「……ふふ、そっかそっか」

つまりみーちゃんの意思の強さが気に入った、ってことだよね。

頑固者って悪い言い方をされることもあるけど、私もそこがみーちゃんの一番の魅力だと思ってる。それだけ譲れない大事なものを持ってる、ってことだから。

そしてそこを認めてもらえたってことは、みーちゃんを正しく評価してくれてるってこと。

それは何より嬉しいことだった。

「でも――それって、清里の影響だったんだね」

「……え？」

そう――。

急に、私に話が向いて。一瞬、言葉を失う。

「なんか変だな、とは薄々思ってたけど。他はわりと普通だったし」

……ま、待って。

ちょっと、待って。

「その、さ。私は全然関係ないよ？　みーちゃんは元々そういうすごい子なんだもん」

「でも、それを引き出してんのは清里でしょ？」

はっとして、私は顔を上げる。

大森《おおもり》くんはふんと鼻を鳴らして続けた。

「今のクラスになってから知ったけど、事あるごとに清里《きよさと》がフォローしてるよね。そこがいいところ、それが魅力、みたいな感じでさ」

「それは、そうだけど……」

「本来は賛否両論ありそうな性質も、あの清里が認めてるんだからアリだ、って思ってれば安心して表に出せる。実力者のお墨付き、って感じで」

「ち、違うってば。そんなこと――」

「それって、言い換えればドーピングだよね。清里がいない限り出せない力とか、そんなの本来の意味で本人の力じゃないでしょ」

大森くんは淡々と、事実のみを告げるかのように――。

「他人におんぶにだっこ、っての好きじゃないんだよね。ガキじゃねーんだから、って」

そう、冷めた声で断言した。

さっきまでの優しさと反比例するような温度の言葉に、私はきゅっと胸が苦しくなる。

「どうして……」

「？」

「どうして大森くんは……そう思うの？」

大森くんの芯にあるはずの、人を気遣う気持ち。それは絶対に嘘《うそ》じゃないはずなのに、なんで同時に、こうも冷徹になれるんだろう。

私の問いかけに、大森くんは少しだけ黙って。

「……できる奴が他人に足引っ張られるの、ムカつくんだよ」

どこか苛立《いらだ》たしそうに、飲み終えた缶をカコンと机に置く。

「大抵できる奴ができない奴に邪魔されんじゃん。んで結局、できない方に合わせなきゃなんないの。それって、無駄なだけでしょ」

「……」

「自己犠牲してまで他人のお守りする必要とかある？　放っておけばいいんだよ、そんなの」

――ああ、もしかして。

鬱屈《うっくつ》した感情とともに吐き出すように紡《つむ》がれた言葉で、私は直感する。

「清里《きよさと》だって、実際面倒じゃん？　今回みたくできない奴の尻拭《ぬぐ》いなんてさ」

大森《おおもり》くんは嘲《あざけ》るようにそう言い捨てた。

きっと彼は――そういう経験をしてきた、ってことなんだろう。

かつてはその優しさをたくさんの人に示して、でもそれが報われなくて。そのうち他人と関わることを忌避《きひ》するようになってしまったんだろう。

だから、大森くんの言いたいことは理解できるし、間違ってないんだと思う。

でも……。

私は――。

「そんなこと、ない」

それじゃ、どれだけ頑張っても。

だれも心から笑えない、と思うから。

「そんなことないよ。私がやってることは、絶対に間違ってない」


だから、そうハッキリと。

観覧車の時よりも強く、断言した。


「……なんでわかんないかな。それがおかしいんだってば」

大森くんは納得できないとばかりに眉《まゆ》を顰《ひそ》め、乱雑に髪をかき上げる。

「だって、人のミスに自分の金出すとかどう考えてもおかしいでしょ」

「私のミス、だよ。責任者は私なんだから」

「詭弁《きべん》だね。最初から清里がやってりゃこんなことにはならなかった」

「任せてたのも、チェックを怠《おこた》ったのも私だもん。だから私が悪いの」

「……救世主にでもなるつもりかよ」

チッ、とあからさまに不快そうな顔で舌打ちする大森くん。

大森《おおもり》くんの憤《いきどお》りは、全部私のため。言葉は悪いけど、その根底には私への気遣いがあるんだってわかってるから、腹は立たない。

——。

「こんなん続けても報われないよ、絶対。周りの奴らなんて、助けられてることすらわかってないし」

……私への、気遣い？

気遣い、気遣い——。

そもそも……そもそも、さ。

どうして大森くんは、ここまで私のことを気にかけてくれるの？

私が大森くんの言うできる奴、だから？

自分と重ねて、その行く末を案じてくれてるから？

……本当に、それだけで、ここまでしてくれる？

「それに、いくら清里《きよさと》でも——」

「お、大森くん！」

咄嗟《とっさ》に声を上げて、続く言葉を無理やり遮《さえぎ》った。

なんだか……胸騒ぎがする。

これ以上、話が続くのは、よくない。

「私は、大丈夫だから。だから、私のことは放っておいて」
もう一度その目を真っ直ぐ見て、いつになく強い口調で求める。
……お願い。
お願いだから、これで引いて。
すごく……すごく、嫌な予感がするの。
だから、お願い。

――。

「……嫌だね」
「どうっ――」

して、と。
衝動的に聞き返そうと、したところで。

――その先に進めば、後戻りはできない。

そう、身震いとともに。
真相を、予感した。

「ごっ、ごめん！　私、もう帰る！」

ガタン、と椅子を弾き飛ばして、立ち上がる。
大森《おおもり》くんの反応も待たずに、ファスナーが開いたままのカバンを、抱き抱《かか》えるように持って。
脇目もふらず、その場から逃げ出した。

「はっ、はっ、はっ」

薄暗い廊下を走る、走る。
心臓が早鐘を打ち、呼吸が荒ぶる。

——違う。
違うって、信じたい。

「それは、それだけは、ダメ……！」

――大森くんの。

心の、奥にあるもの。

他人のお守りなんてしたくない、と嘯《うそぶ》くのと同時に。

私を、守ろうとしてくれる、一連の行動。

その根底にある――秘められた、気持ちは。

「それじゃ……み—ちゃんが……っ！」

――私に対する、好意、だ。

幕間　普通との隔絶

——準備期間中の雑談。


「芽衣《めい》ってさ……ちょっと、優しすぎるとこあるよね」

「え？　それって全然悪いことじゃなくね？」

「いや、そうなんだけど。なんだろ、あそこまで優しいとさ。なんか裏があるんじゃないの、って思っちゃうってか」

「まぁ、いくらなんでも天使すぎだろ、って思うことはあるけど……」

「あと失敗に甘すぎるのもどうかな、っていうか」

「あ、それ思った。ちょっとくらいムカつかないの、って」

「私らがどんだけ苦労してるか考えてほしい感はあるよねー」

「お金のこと内緒にするのも勝手っていうか……」

「結構さ、自分だけで決めちゃうとこあるよね。まぁ基本間違ってないからいいんだけど」

「なんか、全部芽衣の掌《てのひら》の上、って感じだよね」

「ちょっと、その言い方はないでしょ。めっちゃ頑張ってくれてるのは確かだし」

「……つかほんとのところ、僕ちょいガッカリしたんだよね。いや、そりゃリーダーとか向いてないし？　正直めっちゃキツかったけど……もうちょい信用して欲しかったなー、って」

「私は逆、かな……なんか、期待が大きすぎてたまに逃げたくなるんだよね……」

「でも、困ったら絶対助けてくれんじゃん。無理なら無理って言えばよくね？」

「確かに、丸投げしても全部なんとかしてくれるもんなー。天才ってほんとすげーわ」

「前から思ってたけど……やっぱ俺らと違って、普通じゃねーよな、清里《きよさと》って」

◆

——ある女子たちの雑談。


「ちょっと、ニュースニュース！　B組の子から聞いたんだけどさ、芽衣たちのグループって今修羅場らしいよ！」

「え、修羅場？　修羅場って、もしかして恋愛絡み!?」

「なんかねー、三鷹君と大森君で芽衣を取り合ってる、ってウワサ！」

「うっそ!?　うわぁ、やっぱそういう感じなんだ！」

「そりゃそーでしょ。だって芽衣だよ？　男子とか絶対食いつくに決まってんじゃん」

「なんかね、隣のクラスの子とトラブった時に二人が颯爽《さっそう》と助けに入ったとか！」

「あー、イケメンに庇《かば》われてるお姫様って感じ？　美人はいいねー、ホント」

「……てか、マジだとしたら色々ないわー。芽衣《めい》のヤツ、二人とはそういうんじゃない、って言ってたクセにさ」

「ほんとそれ。結局イケメン二人にチヤホヤされていい気になってんじゃん」

「まさか、うちらに黙って抜け駆けしようとしてるんじゃ……！」

「いや、そりゃあんたらは三鷹《みたか》君推《お》しだからそう思うのかもしんないけど。芽衣に限ってそういうのはないでしょ」

「でもさぁ、この前なんて一緒にプールとか行ったって話だよ？　怪しすぎない？」

「あー、まぁ言われてみれば……好きでもない男子とプールとか絶対行かないもんね」

「そうすると品川《しながわ》だけ蚊帳《かや》の外って感じ。それはそれでカワイソー」

「でもさぁ、未春《みはる》ちゃんって昔から大森《おおもり》君と仲良くない？　他の男子とは全然なのに」

「よく図書室で一緒に本読んでるよね。一時期付き合ってるとかいう噂《うわさ》もあったし」

「うわっ、じゃあめっちゃ泥沼じゃん！　三角関係？　四角関係？」

「みんな表じゃすっごい仲良しグループ、って感じなのに。裏だとドロドロしてるのかぁ」

「なんかちょっと冷めるなー。上辺だけ仲良しごっこしてるみたいで」

「まぁ男女グループなんてそんなもんでしょ、普通はさ」

◆

——放課後の教室の前。


「ごっ、ごめん！　私、もう帰る！」

「ハ？　芽——」

「えっ？」

「——衣って、なんかスゲー本気で走ってったな……。まるでオレらに気づいてねーぞアレ」

「……」

「つーか差し入れ《コレ》、どうすっかな……アイスは失敗だったなー」

「……あんな必死な芽衣、初めて見る、かも」

「え、マジで……？　未春ちゃんでソレとか、いったい教室で何が——」

「……大森、君？」

「アン？　……いや、ちょい、ちょい待ち」

「……もしかして……」

「先、越されちまった……？」

本編・第四章　文化祭本番

『それでは――第44回、赤川《あかがわ》学園文化祭！　開、幕、しまーす！』

パン、パン、パン、パン、パン！

生徒会長の開会宣言とともに、クラッカーの破裂音と紙吹雪が四方八方から降り注ぐ。

それに呼応して、生徒たちの雄叫《おたけ》びが体育館を震わせた。

文化祭、当日――。

大盛り上がりの中、私は密かに安堵《あんど》の息を漏らす。

……今日までの1週間は、本当に怒涛《どとう》の日々だった。

なんとか発注トラブルは乗り越えられたものの、今度はミシンが壊れて衣装の作業が遅延したり、教室のレイアウトをどうするかで衝突があったりと、急にトラブルが続出。演劇の方も昨日のリハでようやく通しでやり切れたという状況だ。

ギリギリ、もう本当にギリギリの綱渡りで、なんとか今日という日を迎えることができたのだった。

正直みんな本番を前にクタクタで、私も夢の中でまで指示出ししちゃうレベルに追い詰められてたから、打ち上げはまた後日ということにした。たぶん、終わったらしばらく抜け殻になる自信がある。

喧騒《けんそう》の中でぼんやりそんなことを考えていると、クラスの男子とじゃれ合うゾムくんが目に入った。そこから少し離れたところで、衣装チームのみんなと打ち合わせをしているみーちゃんの姿も見える。

……そして、後ろの方。

独り、腕を組んで壁に寄りかかる大森《おおもり》くんも。

──ここ最近、文化祭の連携以外で、グループのみんなとは話していない。

単純に忙しかったから、っていうのもあるけど、なるべく距離を置きたかったというのが一番の理由だった。

……あの日の放課後、私が感じた好意《もの》が間違いであれば、それでいい。

ただもし正しかったとすれば、その先にはだれ一人笑えない、不幸な未来しか待っていない。

なんとかする方法を考えなくちゃならないけど、今はそこに気を回せる余裕がなくて。そんな状況で、みんなとどう接すればいいのかわからなかったから、結果的に避ける形になってしまった。

いずれにせよ、私たちの問題にクラスのみんなを巻き込むわけにはいかない。万が一、大きなトラブルにでも発展すれば、今までの頑張りが台無しになってしまうかもしれないから。

今は文化祭の成功が何より大事で、自分たちのことは後回しにするしかないんだ。

それに――大丈夫。大森《おおもり》くんなら、この文化祭で迂闊なことはしない。

浮ついた空気に当てられる人じゃないし、いたずらに動いたところで得られるものはない、って分かってるはずだから。

ううん……。

得られないどころか、失うだけの選択を、するはずがないんだから。


『――それでは各クラス、準備に取り掛かってください。1年生から順に出口へ――』

スピーカーから溢《こぼ》れるアナウンスを聞きながら、私はパシンと両頰《ほお》を打った。

◆

文化祭の開催時間は9時から17時。そのうち、14時までが模擬店の開催時間で、残りの3時間は全校生徒が体育館に集まってのステージパフォーマンスだ。

うちのイベントは基本的に一般公開されないから、お客さんは他のクラスの生徒だけだった。その生徒もそれぞれ自分のクラスや部活の出し物があるので、空き時間をうまくやりくりして他クラスを回る。なのでお昼の時間に人が集中してお店が大混雑、って問題は仕組み上起こりにくい。

……うん。

起こりにくい、はずだったんだけど。

「はっ、生クリーム足りない⁉　冷蔵庫にストックあるでしょ⁉」「そんなんもう使い切ってるつーの！」「てかメレンゲもまるで足りてねーじゃん！」「追加の器材まだかよ！」「あーもうっ、最悪！　生地が全然膨《ふく》らまない！」「それよりオーダーは⁉　どこまで終わった⁉」「なんで急にこんな注文増えてんの⁉」「つーかあっつ、クーラー壊れてんのかよくっそ！」

――想定を遥《はる》かに超える大盛況に、Ａ組メイド喫茶用の第２調理室《キッチン》はてんてこまいだった。

どうやら他クラスとの差別化のため、飲食に力を入れたのがよくなかったらしい。

私が申請に手間取ったように、調理が必要な食べ物は取り扱いが大変だ。どのクラスもそれを嫌って市販品を提供することにしたせいで、ちゃんとしたものを食べるにはうちに来るしかない、という状況になってしまったようだ。

今は11時。まだ昼前でこの状態じゃ、ちょっと人が増えただけで確実に破綻《はたん》する。

「今ゾムくんたちが追加機材の準備してるからもうちょい耐えて！　ホットプレートは二人で同時に使って時間を節約！　手の空いてる男子は生クリームとメレンゲ作りを集中的に！　パンケーキは焦って早く焼こうとすると失敗しちゃうから冷静にね！　ひとまずは飲み物の提供優先でー！」

私は私で、メイド服に身を包んだままひっきりなしに指示を飛ばしている。

本当なら、今の時間は演劇の最終調整をするつもりだった。ただ手が足りなくて、クラス全員がフル稼働でなんとかお店を回してる状態だ。

「芽衣《めい》、ごめん！　教室《フロア》からヘルプのRINE《ライン》来てる！」

と、着付け担当兼連絡係のみーちゃんが奥から顔を覗《のぞ》かせて叫ぶ。

「はいはーい！　行ってきまーす！」

私は答えるなり、調理室から飛び出した。

クーラーのない廊下はむわっと熱気が漂っていて、頬《ほお》を伝わって汗が落ちる。

だれかが言ってたけど、今日はあっついな……メイド服だから余計にそう思うのかもだけど。

手で汗を拭《ぬぐ》いながら教室のある上階にたどり着くと、すぐにずらっと並ぶ列が目に飛び込んでくる。明らかにA組の教室から伸びているので、全部うちのお客さんだろう。

もうこれ、完全にキャパオーバーの状態だな……列、突き当たりまで行っちゃってるし。

見れば、教室の中も何やら騒がしい。

私は嫌な予感を抱きつつ、入り口で列の整理をしていたまっつんに声をかけた。

「来たよ！　何かあった？」

私の呼びかけに、まっつんがメイド服のスカートを翻《ひるがえ》して振り返った。

「め、芽衣……！」

その顔色がやけに青ざめていたので、私はぎょっとして聞き返す。

「ど、どうしたの!?　トラブル!?」

「中が限界なの！　どうにかしないと……！」

ぐいっと腕を引かれ、そのまま入り口の方へ連れて行かれる。

列の合間から教室を見ると――。


「おーい、もう20分も待ってるんだけどー！」「ご、ごめんなさい！」「早くしてよ、次まわりたいんだけど！」「もうちょっとお待ちください！」「つーか全然メイドっぽくねーし！」「詐《さ》欺《ぎ》だぞ詐欺ー！」「もっとサービスしろー！」「金返せ金！」「責任者出せー！」

室内は飛び交うクレームと、ひたすら謝り続けるみんなで騒然としていた。

「あ、め、芽衣！」

するると、フロアの責任者の子――富士見莉央《ふじみりお》ちゃんがこちらに駆け寄ってきた。

「どうしよう、さっきからもう全然収拾つかなくてっ……」

見れば、その瞳には涙が浮かんでる。

富士見ちゃんはA組最大の女子グループのリーダーで、メイド喫茶の提案者でもある。

富士見グループの結束力は強く、この手の集団戦の時は抜群のチームワークでクラスを支えてくれていた。だから今回も乗り切れる、と踏んでたんだけど……どうやらそれでも対応しきれないくらい混乱しているらしい。

「大丈夫、落ち着いて！　でもなんで急にこんな……」

少なくとも、私がさっき来た時はここまでの状態にはなっていなかった。満席ではあったけどギリギリ回せてたはずで――え？

「まさか、席追加したの!?」

見れば、机を並べただけの座席が何席か追加されている。当然そこにも人が座っていて、教室内は注文待ちのお客さんでパンパンの状態だ。

「だ、だって、列が捌《さば》き切れないから……」

そうか……！　だからオーダーが急に増えたんだ！

現場判断で増やしたんだろうけど、いたずらに席数を増やすのは悪手だ。

サービスを提供できる限界もあるし、何よりオーダーを捌き切れないのが明らかだから、余計な混乱を招かないためにもあえて増席の指示は出さなかった。

ただ、その理由まできちんと伝えてなかったのは私の失策だ。忙しさにかまけてそこまで気が回らなかった……！

「今オーダーどうなってるの!?」「てか順番バラバラじゃん！」「だれ!?　ルール通りやらないの！」「そんなこと言ったってさぁ……！」「もうやだ……！」「もうやめやめ、こんなの無理！」

店内のみんなは完全にパニックで、練習したはずの受け答えもろくにできていない。どころか、堂々と愚痴を漏らしてしまっている時点で、お店としての体裁が維持できていなかった。

「どうしよう、どうしよう……！」

富士見ちゃんもいつもの統率力を失っていて、ただ狼狽《うろた》えるばかり。

私は少しだけ考えて――。

「――わかった。私が、、、、時間を稼ぐよ、、、」

それしかない、と決断を下した。

「え……？」

私は腰紐《ひも》を結び直しながら、ぽかんとこちらを見ている富士見ちゃんに指示を出す。

「混乱の一番の原因は調理の遅れ。でも今はキャパオーバーで、どうやっても提供スピードは上げられない。増産態勢が整うまで、どうにかこの場を持たせなきゃならないの」

「えっ？　えっ？」

「富士見《ふじみ》ちゃんはみんなを集めてオーダーを整理して。提供の早い飲み物から順に優先順位つけてキッチンに回してね。こっちは列整理と会計の子だけ残してくれればおっけーだから」

「ちょ、ちょっと待ってよ芽衣《めい》！」

と、富士見ちゃんが混乱極まりという感じに声を上げる。

「じ、時間を稼ぐって、どういう……？」

私は覚悟を決めるように、ぎゅっ、とメイド服の紐《ひも》を強く結んで——。

「——メイド喫茶のお約束で乗り切るんだよ」

◆

「おっかえりなさいませ〜♡　ご主人様、お嬢様♡」

と。

私は、生まれて初めて発するレベルの猫撫《な》で声で、教室のセンターにドンと立つ。

シンー――と教室が静まりかえり、注目が全て私に集まった。

よし……。

すかさずスカートの両裾《すそ》を持ち上げると、満面の笑みとともにちょこん、と爪先をついてお辞儀をする。

「今日は～♡　3－Aのメイド喫茶にお越しいただき、ありがとうございます♡」

そして『パッチーン♡』と過去最高にあざといウインクを飛ばした。

その追撃に、お客さん男子生徒がどよめき声を上げる。

「おっ、おお……？」「え、あれ、まさか清里《きよさと》……？」「芽衣ちゃんだ……！　まさかの芽衣ちゃんガチメイドだ！」「うおおおお、ここにきて真打ち登場だァ！」

あはは、狙《ねら》い通り狙い通り……。

って、うん、これ、我に返ると相当恥ずかしいな。

かっかと熱くなる頬《ほお》を気力で冷ましつつ、私は続ける。

「今から～、芽衣ちゃんと『萌《も》え萌え♡じゃんけん大会』始めるぞ～♡」

うおおお！　と雄叫《おたけ》びが轟《とどろ》く。

「最後まで勝ち残った人には～♡　芽衣《めい》ちゃんの愛をた～っぷり込めた特製キャラメルアートと～♡　仲良しツーショット写真を、プレゼントにゃん♡」

そう言って、両手は猫の手、右足はちょんと上げて、くるんとスカートをはためかせながら、ばっちりポーズをキメた。

――。

ザワワァッ！

「すっ、すこ！　すこここここ！」「は？　破壊力高すぎるんだが⁇」「こ、これが、学校一の美少女メイド……！」「結婚しよ」「ていうかスカート短かすぎィ！」「尊みの絨毯爆撃《じゅうたんばくげき》」「お触りは⁉　お触りはありですか⁉」

「あはは～♡　指一本触れちゃダメだゾ♡」

あと動画は！　動画はやめて！　お願い！

私は心中で悲鳴を上げながら、己の責務を果たす。

「よ～し、それじゃあ参加するご主人様、お嬢様は手を挙げて～♡」

「「「「「「「「はーい！」」」」」」」」

あははー、あははー。

はぁ……。

……本職の人って、ほんと大変なんだろうなぁ……。

◆

——そんなこんな。

なんとか混乱を収束させ、やっと列が減り始めるところまで持ち直してから教室を出た。

更衣室で制服に着替え直し、真っ白になった頭のままぐったり椅子にもたれかかる。

「その……なんていうか、お疲れ様」

なんとも気まずそうな表情のみーちゃんから労いの言葉とスポーツドリンクを受け取る。

なんで気まずそうかっていうと、ちょうど私が、全身全霊の「おいしくな〜れ♡」をやってるところを目撃されてしまったから。つらい。

「まぁ……これで乗り切れるなら安いものだよ。偉そうに指示出ししてるだけじゃ、責任者失格だもんね」

「……」

色々と失ったものも多いけど、危機は去った。

模擬店はもう終盤に向かってるし、お次は頭を切り替えての演劇だ。

私は「ふー」と大きく息を吐いて、それからパシンと膝を叩《たた》いて立ち上がる。

「よしっ。それじゃ、最終調整行ってくるね。お店の方よろしく！」

「……うん」

みーちゃんが頷《うなず》くのを確認し、私は急ぎ会場の体育館へと向かう。

舞台で使う大道具の運び入れの関係で、演劇関係の出し物は最初の方に集中している。

なかでも私たちの出番は1番だ。トップバッターだとちょっと長めに準備時間を貰《もら》えるから、それ目当てで生徒会の子に調整してもらった。

ステージパフォーマンスの開始時間まで、残り1時間。それまでにできる限り演技周りの調整を進めたい。リハの感じ、まっつんの長回しシーンに不安が残るから、そこを中心にフォローしてくのがいいかな……。

私は段取りを考えながら体育館に入り、そのまま舞台袖《そで》に向かう。

「ごめん、お待たせ！」

薄暗い舞台袖には役者陣が揃《そろ》っていた。みんな一様に緊張した面持ちで、台本と睨《にら》めっこしたり演技の振り返りをしていたりと落ち着かなげだ。

「よう、カントク……って、アレ、芽衣《めい》だけ？　松原《まつばら》は？」

ゾムくんが私を見つけるなりそう声を掛けてきた。

「え、まっつんまだ来てないの？」

「そーだな。てっきり芽衣と一緒に来るもんだと思ってた」

あれ、おかしいな。とっくに休憩終わってるはずだけど。

手が回ってなかった時は列整理をお願いしていたが、練習もしたいだろうと休憩には早めに入ってもらった。よくよく考えれば、それから姿を見ていない。

集合時間を忘れてるってことはないだろうけど……ちょっと捜しに行ってこようかな。

「あ、来たっぽい。おーい、松原！」

と、私が動く前にゾムくんがそう言って手を振った。

ああ、よかった。ちょっと遅れただけだったのか。

私は振り返り、舞台に上がる小階段を歩くまっつんを見る。

「あれ……？」

……が。

なんだか、様子がおかしい。

たった3段の階段なのに一歩一歩の足取りが重く、壁に手をついて体重を預けるように歩いている。

——そんなことを思った、直後。

ふらり、とその体が揺らいだ。

「……まっつん!?」

私は咄嗟《とっさ》に走り出し、ずるずると壁にもたれかかった体を横から支える。

「まっつん！　どうしたの!?」

顔面は、蒼白《そうはく》。

そしてこの暑さにもかかわらず、汗一つかいていない。

つまり――。


「熱中症だ……！　ゾムくん、手を貸して！　保健室へ！」

「おっ、おう！」

私は大声でゾムくんを呼んで、ふらふらのまっつんに肩を貸す。

「……だい、じょうぶ……」

「ばか！　大丈夫なわけないじゃん！　なんで、こんな状態になるまで……！」

いつから!?　列整理をやってた時は――。

その時の光景を思い出して、ゾワリ、と背筋が凍った。

――まさか、さっき、顔色が悪かったのって？

バシンッ、と自分の足を思い切り叩《たた》く。

馬鹿……。

私の、大馬鹿！

なんで、あの時に気づかなかったの――！

この暑さで、かつメイド服なんて着慣れない格好。しかもクーラーの効かない廊下での列整理だ。連日のハードスケジュールで体力も落ちていただろうし、本番前の緊張もあっただろう。体調を崩しても全然不思議じゃない。

最悪……最悪だ。

こんなの、全然笑えないっ！

「オレが背負ってく！　ユータ、手伝ってくれ！」

駆け寄ってきたゾムくんの背にまっつんを乗せ、保健室へと向かってもらう。

残されたクラスメイトの間に、みるみる動揺が広がった。

「ど、どうするの!?　主役不在じゃ、演劇できないじゃん！」「あと1時間で治るの……？」

「てか、もし治らなかったら？　え、まさか辞退？」「そんなっ……なんのためにここまで……！」「だれだよこんなになるまで働かせたの!?」「知らないよっ。てか怒鳴らないでよ！」

パァン！

「落ち着いてっ！」

私は咄嗟《とっさ》に手を一つ叩《たた》き、みんなの動揺を押しとどめる。

——ここで、私まで取り乱しちゃダメだ。

とにかく、できることを。

今できる最善の選択を、するしかない。

私はみんなが静まったことを確認し、ゆっくりと話し始める。

「……とにかく今は、まっつんの回復を待とう。みんなはまっつんがいつ戻ってきてもいいように調整を続けて。特に立ち回りの部分ね」

自分自身にも言い聞かせるように、順序立てて話す。

「あとで私が先生に様子聞いてくるから、その時点で最終的にどうするか決めよう」

「ど、どうするかって……ダメなら諦めろってこと!?」

だれかがそう悲鳴を上げた。

私は目を閉じて、息を整える。

——この段階で役者の交代なんて、不可能だ。

みんな自分の役作りに必死で、他の人のセリフまで覚えている人はいない。ましてまっつんは主役で、ほぼ出ずっぱりだ。ワンシーンしか登場しない脇役とは訳が違う。

当然、脚本の微調整でどうにかなるレベルじゃないし、主役なしで劇が成立するはずもない。

つまり……。

完全に、詰みだ。


「ま、まさか」


――いいや。

そんなことには、さ、させない。


せっかく……せっかくみんなで、ここまで頑張ってきたんだ。ここで諦めちゃったら、全部が台無しだ。

まっつんは責任を感じて傷つくだろうし、みんなは努力が報われずに不完全燃焼な文化祭になってしまう。

そんなのは、笑えない。

全然まったく、それじゃだれ一人笑えない。

だから――私は、諦めない。

「もし、まっつんの体調が戻らなかったら――」


もう、それしかない。

みんなのために、そうするしかないのなら――。

やらない理由、ないよね。


「――私が。代わりに、やるよ」

◆

それから30分後、保健室。

「――今はだいぶ落ち着いたわ。そっちのベッドで眠ってる」

「そうですか。よかった……」

保健の先生からそう告げられ、私はホッと胸を撫《な》で下ろした。

「ただ念のため病院で見てもらった方がいいから。今親御さんに連絡して迎えに来てもらうところよ」

「……やっぱり、そうですよね」

ぎゅっ、と膝の上で拳《こぶし》を握りしめる。

薄々思ってたけど、やっぱりすぐに復帰できるような状態じゃない、よね。

「……清里《きよさと》、問題を起こしてもらっては困る」

部屋の片隅で腕を組んで立っていた担任の下北沢《しもきたざわ》先生が、苦々しい顔でそう言った。

「お前が模擬店も演劇も両立できると言うから信頼して任せたんだぞ。こういうことが起こると、今後はそうも言えなくなる」

「……はい。本当にごめんなさい」

「まぁまぁ、下北沢先生。この時期はよくあることですから」

保健の先生はそうフォローしてくれたが、信頼を裏切るような失敗を犯したのは事実だ。

今回の掛け持ちだって、最初から先生はトラブルを危惧《きぐ》していた。それを自分がなんとかすると押し切ったのは私なのだから、憤《いきどお》るのは当たり前だ。

下北沢先生は重々しく息を吐き、それから口を開いた。

「とにかく、もう戻りなさい。ここは先生たちがどうにかする」

「はい……失礼します」

私は最後にもう一度頭を下げて、保健室から出た。

「──松原《まつばら》、どうだって？　できそうかよ？」

と、ずっと外で待っていてくれたゾムくんが、心配そうな顔で尋ねてきた。

私は無言で首を横に振る。

「そっか……その、あんま気に病むなよ。芽衣《めい》がわりぃワケじゃねーだろ」

さらには、そんな気遣いの言葉まで。

……ありがとう、ゾムくん。

でもその気遣いは、私にはもったいないよ。

「実際、一番の原因は私にあるから。働かせたのも私、気づけなかったのも私だもん。今度、まっつんのご両親にも謝りに行かなきゃ」

「おい、芽衣──」

「大丈夫、ありがとね」

私は気にしてないという風に笑って続ける。

「何にせよ今は、私たちにできることを頑張ろう。これでおしまいにしちゃったら、それこそまっつんに申し訳が立たないよ」

ゾムくんは何か言いたげな顔で顔を顰《しか》めた。

「お前さ、なんでいつも」

「さ、とにかく急いで戻ろ。もう時間ないよ」

「あ、待ってってば、芽衣！」

議論するつもりはない、と会話を打ち切って、私は体育館に向けて足早に歩き始めた。

◆

保健室のある区画は校舎の奥だ。

近くに模擬店に使われている部屋は一つもないから、文化祭の喧騒《けんそう》とは切り離されたように静かだった。

私は歩きながら、自分が代役を務める旨とこれからの動きをゾムくんに説明する。

「——そんな感じで、他のみんなとの連携はもう確認してて、あとはゾムくんとだけ。全然合わせてないし心配に思うだろうけど、なんとかやれるだけやってみるから」

「……イヤ、芽衣だし、その辺は何も心配してねーよ。その辺はな」

ゾムくんは未だ不満げな顔でそう答えた。

らしくない、含みがある言い方だ。心配してくれてるのはわかるけど、いつまでもその調子じゃこれからに差し障りそう。

私が何か言うべきだろうかと悩んでいると、不意にゾムくんが立ち止まった。

「なぁ……こんな時に聞くのもなんだ、っつー話かもだけど」

見れば、その顔はやけに真剣で。瞳には何やら覚悟のような意思が宿って見えた。

私は嫌な予感を抱き、話を打ち切ろうと声を上げる。

「ゾムくん、今は急いで戻ろ？　みんな待ってるよ」

「……そうすっと、次はいつ話してくれっかわかんねーだろ。ここんとこずっと避けてたじゃん、オレのこと」

その言葉にぎょっとする。

……気づかれてた、んだ。そう思わせないように、動いてたはずなのに。

そんな内心の動揺を見透かされたのか、ゾムくんは「ちっ」と悔しげに舌打ちして。

「やっぱり……あの日さ。朝陽《あさひ》に、何か言われたのかよ？」


——ドクン、と。

心臓が大きく跳ねた。

「あの、日……？」

「いや……この前のさ。神泉《かみいずみ》の発注ミスがあった時の放課後だよ」

「……っ！」

「実はオレ、差し入れ持ってってたんだけど。なんか芽衣《めい》、スゲー勢いで飛び出してったから」

嘘《うそ》……まさか、見られてた?

そんな。どこにもゾムくんの姿なんてなかったし、廊下で行き合った記憶も……いや、でも、そうか。逆側まで見たわけじゃないし、はっきりとは断言できない、かも……。

ゾムくんは「はぁ」と一つ息を吐いてから続けた。

「朝陽に聞いても何も答えてくんねーしさ。だから……その、なんか、変なコトとか、言われたんじゃねーのか、って」

変なコト、の意味を察して、私の背筋がすっと寒くなる。

「……別に、何も? ただ雑談してただけだもん。大森《おおもり》くんが何も言わないのも、別に話すほどの内容じゃないから、ってことだと思うよ」

ドクドクと勝手に速まる鼓動を抑えながら、努めて冷静に答える。

嘘は、ついていない。私が勝手に変なコトを恐れて逃げ出しただけなんだから。

するとゾムくんは、ムッとした顔になって言う。

「いや、そんなわけあるかよ。だったらあんな風に走って逃げるとかおかしーだろ」

「あれは、書類を出すためだよ。生徒会室が閉まっちゃう前に急がなきゃ、って」

「嘘つけ。いくらオレでもそんなんじゃ誤魔化されないっつの」

ゾムくんは見るからに不快そうに顔を歪《ゆが》めて前髪をかき上げた。

「あれからお前ら、なんか様子おかしーし。オレ以上に話してねーだろ」

「……」

「なんかあったなら……教えてくれよ。いつも『大丈夫』ばっかじゃ、なんもわかんねぇよ」

私はきゅっと唇を噛《か》んで、どうしたらいいか必死に考える。


──これ以上誤魔化すのは、きっとよくない。

でもだからって、ここで全てを伝えることなんて、できるはずがない。

真相は毒でしかないし、私たちの関係は確実にギクシャクする。そんな状態で演劇の本番に臨んでいいわけがない。

そうでなくともみんなトラブル続きで疲弊《ひへい》してるんだ。精神的支柱のゾムくんと私がそれじゃ、みんなのパフォーマンスにも悪影響が出てしまうだろう。

そんなのは百害あって一利なしで、最善の選択とは程遠い、失敗間違いなしの大悪手だ。

だから、今は──。


「なぁ芽──」

「ゾムくん、いくん」

私は痛む心を無視して、強く言葉を遮《さえぎ》った。

「今は、演劇に集中しよう？　せっかく……せっかく、ここまで頑張ってきたんだからさ」

「……」

「この文化祭が終わったら……ちゃんと説明するから。ね？」

――今は、棚上げにするしかない。

とにかく文化祭を成功に導く。私たちのことは、そのあとだ。

どこまでをどうやって話すかは、後々ちゃんと考える。

考えるから、今はお願い、見逃して。

少なくともこんな状況で、求められるがまま話してしまうより、よっぽどみんなのためになるはずだから……。

「……」

「……さ、行こ」

ゾムくんの沈黙を私は肯定と捉えて、体育館へ向け一歩踏み出す。

――だが直後、後ろから。

「じゃあ芽衣《めい》っ！　文化祭終わったら――オレの話も聞いてくれよ！」

「……っあ」

私はぎゅっとスカートの裾《すそ》を握って、歯を食いしばった。


――あぁ……。

その話の内容が、何かなんて。

もう聞くまでもなく、明らかだったから。

私は、強く、強く。

どうか、これ以上は踏み込まないでと、切に願って。

……先手を、打つ。


「ゾムくん。その話は、聞きたくない」


はっきり、と。

明言をしないままに、断言する。

「ッ！」

「それよりも、さ。もっとみんなで、楽しく笑える話がしたいな。そっちなら、私はいつでも喜んで付き合うから……」

「――……」

「……とか、よくわかんないこと言ってみたりして。あはは、ごめんね、流石《さすが》にちょっと緊張してるみたい」

無理のある言い草に嫌気が差したけど、それでも強制的に話を終わらせた。

でも……今なら、まだ。

自分で自分の気持ちに、蓋《ふた》をするだけで済む。

曖昧《あいまい》なまま止《とど》めたその気持ちを、別のものに書き換えることもできる。

……だから、お願い。

お願いだから、今までのように。みんなで楽しく笑い合える道を選んで。

「……もう時間ないね。私は、先に行くよ」

沈黙に耐えきれなくなって、私はその場から歩き去る。

後ろのゾムくんが、どういう顔でいるのか。私にはわからない。

わからないけど――。

いい、笑顔じゃないことは、確かだ。

「言わせても……くれねーんだな、芽衣《めい》は」

——。

——……ごめん、ね。

◆

『それでは、プログラムナンバー1。3年A組有志一同による舞台劇「そして明日の青空に約束を——」です』


ワアアア、という歓声とともに、幕が上がっていく。

私は大きく深呼吸をしてから、周りにいるみんなと頷《うなず》き合う。

そして一歩、舞台へと足を踏み出した。


——劇の筋書きはこうだ。

日本の小さな離島に住む中学生の主人公たちは、退屈ながらも穏やかな毎日を過ごしていた。

だがある日、巨大隕石の落下によって、数か月後に地球が滅亡してしまうことが知らされる。

避けられない死を目前にしつつも、主人公たちは最後まで変わらぬ日常を生きようと決めるが、近づく終わりの日を前に迷いが生じ始める。

幼馴染《おさななじみ》であり義姉弟《きょうだい》でもある主人公とヒロインは、どんな関係で終わりを迎えるべきか悩み続け、ついに滅亡は3日後にまで迫って——という流れ。

……なんだか、こうして役者として舞台に立つとなると、題材が私たちの行く先を暗示しているようで落ち着かないな。

いや馬鹿、何を考えてるんだ、私は。

余計な私心を交えちゃダメだ。ただただ、役になり切ることを考えなきゃ。

ぎゅっと太ももを抓《つね》って戒めとして、私は「すー……」と大きく息を吸う。

呼吸は深く、声は体全体から頭の上に抜け、体育館の端まで届くように……。

そう心の中で呪文《じゅもん》のように繰り返して心を落ち着け、ついに幕が上がり切った。

暗闇《くらやみ》の中、スポットライトの光だけが、私を照らす。

——ヒロインの一人語りから、舞台は始まる。

『——神様、どうか教えてください。決して守れない約束に意味なんてあるのか、って』

わっ、とすぐ正面に座る下級生の歓声が聞こえた。

「すごっ、清里《きよさと》先輩プロみたい！」「めっちゃ舞台に映えるー！」「あれ、でも舞台立つ予定とかあったんだっけ……？」「別にいいじゃんめっちゃぴったりだし」

……うん。掴《つか》みは悪くない。

ただちょっと滑舌がよくなかったかも。もう少し一言一言を丁寧に、意識的にゆっくり発声してみよう。

『あと3日で、この星はおしまい。私は彼と、どうやって最期を迎えればいいんだろう。幼《おさな》馴染《なじみ》のワタル君？　家族のワタルちゃん？　それとも……恋人の、ワタル？』

うん、今度はおっけー。

大丈夫、セリフは頭に入ってる。あまり長い劇じゃないし、念のため台本ごと暗記しておいてよかった。

その調子で、しばらく一人語りが続く。

そして舞台全体が明るくなって――。

『おーい、ウミ！　朝だぞー！』

ゾムくんのよく通る声が、体育館にこだました。

本人の登場とともに「キャー！　望《のぞむ》せんぱーい！」という黄色い声援が上がった。

それこそ四方八方からそんな声が届いたから、同級生下級生問わず人気者なんだ、ってことが窺《うかが》える。

『お、おはよう、ワタル君』

『うわっ、すげー寝癖！　あとヨダレ！』

『えっ!?　うそっ！』

『うそー』

『も、もうっ！　ワタルちゃん！』

そんな、いつもと変わらぬやりとりを繰り広げる二人。

……うん、よかった。ゾムくんもちゃんと、役に徹してる。

私はほっと安堵《あんど》して、続く展開に思いを馳《は》せる。

――そのまま劇は、滞りなく進んでいく。

◆

それから二人は朝ごはんを食べ、学校へ行き、最後の授業を終える。

これまで平穏だった島も、今はたくさんの悲しみに満ちていて。終わりが目前に近づいていることを感じる有様だった。

そんななか二人は、幼い日に作った小島の秘密基地へとボートで漕《こ》ぎ出す。

海に削られた小さな洞窟《どうくつ》に作られた秘密基地の壁には、二人の名前が書かれた相合傘と『おおきくなったらけっこん』なんてメッセージが残されていた。

『はは……大きくなる前に、こんなのすっかり忘れてた』

『……そーだな』

二人は身を寄せ合い、地平線の彼方に沈む夕陽をずっと眺めていた。


——そして。

物語はついに終幕を迎える。


「背景下ろして！　ゆっくりゆっくりー」

一時舞台袖《そで》に引っ込んだ私は、裏方の子に指示を出してからスポーツドリンクで喉《のど》を潤す。

よし……いよいよラストシーン。

島が一望できる灯台の上で、二人は今にも落ちようとする終わりの星を眺めている。

結局二人は、どんな関係も選ばないことを選択した。何かを選ぶことは何かを捨てることになり、全てを選ぶには二人はまだ幼すぎたから。

だから二人は、全ての理想が詰まった明日の青空だけを想い、最後の時を迎える——。
……うん。セリフも演技も、もう難しいことは何もない。
あとは走り切るだけ。
それで、みんなの苦労は報われる。
「じゃあラスト、頑張ろう！」
私は逸《はや》る気持ちを抑えながら、ゾムくんの背をぽんと叩《たた》く。
「ン」
が、ゾムくんの反応はやけに淡白で。その目はこちらを見てすらいなかった。
……？
今の今まで普通に演じてたのに、ここにきてどうし——。
「背景ＯＫ！　出て出て！」
と、裏方の子に急《せ》かされて、私は後ろ髪を引かれながらも舞台に戻る。
——ダメだ、深く考えてる余裕はない。
とにかく今は、劇をやりきることだ。
『これで……よかったんだよね』
私は遠く水平線の彼方を見るように目を細め、涙を堪《こら》える仕草をして見せる。
静まり返っている会場から、一部でスンと鼻を鳴らす音が聞こえた。

……よかった、感動してくれてるみたい。脚本のチョイスは完璧《かんぺき》だったよ、まっつん。

ここにその功労者が立っていないことを心底残念に思いながら、私はラストスパートに向けて意識を集中する。

『明日は、もう来ないけど……それでも、私たちの一番の幸せを、明日の青空に託すのは、間違ってない』

『──』

『だから……私たちの答えは「また明日」で、いいんだよね？』

『──』

……？

最後のセリフが、続かない。

演出的な溜めなのか、と思ったけど──。

『──』

どうも、様子がおかしい。

ゾムくんは下を向いたまま。

拳《こぶし》は強く握られていて、演技にしては過剰なほど力が籠《こも》って見える。

セリフだって、難しいことは何もない。ただ一言、『ああ、また明日な』と答えるだけだ。

それで幕は下りる。

なのに、どうして——？

『——』

異変を感じたか、観客席がざわつき始める。

焦った私は、アドリブで間を埋める。

『ワタル君……？』

その呼びかけで、やっとゾムくんは顔を上げた。

スポットライトに照らされたその顔に、強い覚悟が宿っている。

——そして。

「オレは——」

その、瞳が。

どうしてか。

私に、向けられている、気がして——。

——っ！

まさか！

「まっ――！」

一瞬で、身体中の血の気が引いて。
役も、立場も、何もかも忘れ。
お願いだから、それは。
それだけはやめて、と。
祈るように手を伸ばし――。

そして。

「――オレ、芽衣のことが、好きだ」

――。

――……う、そ。

舞台から、観客席から。

全ての音が、消える。


そして。

一拍遅れで――ワァッ、と。

会場が、一気に燃え上がるように沸き立った。

「……え？」「今、なんて言った？」「こ、告白！」「ガチ告白じゃん⁉」「うおおおおお、やっべー！」「キャーキャー、すごいすごい、めっちゃ大胆‼」


どう……して……？

なん、で……。

よりにもよって、ここで。

こんな場所で、告白《それ》を――。

だらりと両手の力が抜けて、私は呆然《ぼうぜん》とその場に立ち尽くす。

「いいぞー三鷹《みたか》！」「ちくしょーフられちまえー！」「これＯＫしたらまさかのカップル成立じゃん⁉」「おーい清里《きよさと》、早く答えてやれー！」「清里先輩どーするのー！」「早く答えろー！」「答えろ！　答えろ！」「おらおら、劇になってねーぞー！」

飛んでくるヤジを受けて、半ば自動的に考える。

——劇を、台無しにするわけにはいかない。

だがもう今の時点で、シナリオは破綻《はたん》してしまっている。本来の流れに戻すことはもう不可能で、どうしたって何かしらの回答《こたえ》を示さなければならない。

……なら、せめて。

少しでもお話としてまとまりがいいように。

きちんと『ウミ』としての回答《こたえ》を、返さなきゃ。

——それに。

きっと、それは——。

私の解答《こたえ》と、一緒だから。

『──ごめんなさい。やっぱり私に、一つの答えは選べない』

手の届く限り、たくさんの笑顔のため。

一つしかない笑顔は──選ばない。

「え……」「まさか、失敗？」「失敗じゃん？」「うわっ、三鷹フられてるー！」「えー、なんでー!?」「あはは、どんまいどんまーい！」「ダッセーぞー望《のぞむ》ー！」

私は踵《きびす》を返し、舞台から歩き去る。

「──幕、下ろして」

「え、あ、うん……」

舞台袖《そで》に辿りつくなり、そうとだけ伝えて。

耳を塞《ふさ》ぎ、目を塞ぎ、私はその場に蹲《うずくま》った。

——どうして。
どうして、どうして。

こうなることなんて、わかり切ってたはずなのに。
こうするしかないことなんて、わかるはずなのに。

どうして、ゾムくん。
どうしてなの、ゾムくん——っ。

「なんで、どうして、一、番しちゃ、いけない、選択、しちゃうんだよぉっ……！」

幕間　普通との断絶

Who decided that I can't do
「romantic comedy」
in reality?

——文化祭後、あるクラスメイトたちの会話。


「なんかさ……終わってみたら、完全に芽衣《めい》の一人舞台、って感じだったね」

「模擬店も演劇も、全部話題持ってっちまったよな……」

「最優秀賞、ってのもなんか実感ないよね……何もかも言われるがままで、気づいたら終わってた感じ」

「……つーか正直なとこ、俺たちマジで必要だったのかね？」

「思った。私たちが頑張らなくても一人で全部できんじゃん、みたいな」

「そもそも、相談すらされたことないしね。決まったこと押し付けられるだけで」

「下々の者に話すことなんてねー、ってことじゃん？　言っても理解できないでしょ、とか」

「だったら最初から一人でやりゃーいいのに。バカバカしい」

「なんか……急にどうでもよくなってきたな」

「だよな。なんか清里《きよさと》と一緒にいると疲れることばっかだわ」

「じゃあいっそ関わらなきゃいいんじゃん？　どうせほっといても困らないだろうし」

「確かに一人でも全然余裕そー。普通じゃないし」

「俺らと違って普通じゃねーし、それでいいよな」

◆

——後片付け中、あるクラスメイトたちの会話。


「ていうか芽衣《めい》って、なんで常にあんな落ち着いてられんの？」

「松原《まつばら》が倒れた時も、一人だけいつも通りだったな……」

「いくらなんでも冷たすぎない？　それまで一緒に頑張ってきたのに、そんなすぐ切り替えられないよ。普通はさぁ」

「……しかも、そのあとサラッと自分が主演やってたしね」

「本当はやりたかったんじゃねーの？　ちょうどいいやラッキー、みたいな」

「なんでかセリフまで完璧《かんぺき》に覚えてたしね。ありえるかも」

「ていうか、もしかしてさ……まっつんが、あんなになるまで働かせてたのも」

「確かに……自分の立場利用して大変な仕事押し付けたって可能性も」

「いや流石《さすが》にそんな……って、言えなくもない気がするんだよね。だって芽衣だし」

「普通じゃないもんね」

「いつも異様に察しがよかったりするもんね。たまに寒気するもん」

「実は全部コントロールされてんじゃないの、私たち？」

「うわ、それ最悪。私らあんたのオモチャじゃないんだけど、って感じ」

「異常者じゃん。だとしたらもう近付きたくないわー」

◆

——近くの喫茶店、あるクラスメイトたちの会話

「てか何あの公開告白っ……！　もう、ほんっと最悪なんだけど……！」

「ゾムくん、なんであんなことしちゃったの……」

「ほら、前に修羅場だって噂《うわさ》あったじゃん。きっと大森《おおもり》を出し抜こうとしたんだって」

「てか、芽衣も芽衣だよ！　そんなヤバい状態でわざわざ主演なんかやらなくてもいいのに！」

「ああなるのはだれでも予想つくよね、普通ならさ」

「もう告らせたようなもんだよね。その上でフるとかさ、マジ意味わかんないわ」

「悲劇のヒロインがやりたかったんじゃね？　恥かかされて私カワイソー、みたいな」

「逆に私モテモテで困っちゃうー、かもよ？　自分の格上げたかったんじゃん？」

「私たちの気持ち知ってるくせに……！　酷すぎるよ……！」

「つーか公私混同激しすぎるでしょ。何勝手に盛り上がって劇台無しにしてんの、って感じ」

「それは完全に擁護《ようご》できないよね。私たちとばっちりもいいとこだもん」

「……もうさ、スルーでよくない？　流石《さすが》にこれは自業自得《じごうじとく》でしょ」

「賛成。てか前々から胡散臭《うさんくさ》いって思ってたんだよね、実は」

「私も私も。なんていうか、そんなずっといい子でいられる？　って」

「実は裏があるに決まってるよ。そういう感じない？　ああいうタイプの子って」

「ほんっと、いっそどっか行ってくんないかなぁ……」

本編・第五章　現実

Who decided that I can't do romantic comedy in reality?

文化祭が終了し、振替休日を経た、次の日。

私はすし詰めの満員電車を降り、人の波にもみくちゃにされながら駅の構内を出る。

真っ黒な曇天の下に身を投げ出した直後、吹きすさぶビル風で髪がぐちゃぐちゃに乱された。

街に吹く風は急に冷たくなり、文化祭の時の暑さはもうどこにも残っていない。夏はもう完全にさよなら、みたいだった。

私は手櫛《てぐし》で髪を整えながら「はぁー……」と重苦しい息を吐いた。

――トラブル続きで散々な文化祭だったけど。

奮闘の甲斐あって、なんとか最優秀賞を勝ち取ることができた。

結果発表の時はみんな喜ぶよりも前にホッとしたという感じで、とにかく今は休みたい、という気持ちが全身から溢《あふ》れていた。打ち上げを後日にしたのは、本当に正解だったと思う。

私も私で流石に色々とキャパオーバーだったから、とにかくその日は何も考えることなくベッドに飛び込んだ。

そして寝られたのか寝られなかったのかわからない夜を過ごし、朝になってもやっぱり気分なんて変わらなくて、悶々《もんもん》としたまま休日が過ぎて――気づけばいつもの平日、という感じ。

私は重々しく前に進んでいく靴先に目を向けながら、再びため息をついた。

正直……登校は、気が重い。

どうしたってゾムくんの公開告白《あれ》と向き合わなくちゃいけないから。

でもだからって学校を休んでどうにかなる問題じゃないし、逃げ続けていいことなんて何もない。今の状況でできる、最善の対応をするしかないんだ。

……とにかく。

まずは、ゾムくんとの関係を落ち着くべきところに落ち着けよう。

一度、ちゃんと話をして。どうしてあんなことをしちゃったのか、これからどうしたいのか、それを確認しなきゃならない。

文化祭の日はお互いまともに話せる状態じゃなかったけど、今なら少しは冷静に話せるはず。

一番の理想は――告白《あれ》をなかったことにして、仲良しの友人関係に戻ること。

また、みんなで笑い合えるように。関係をやり直すことだ。

「でも、さ……」

もうこうなった時点で、それは――。

◆

そうこうしているうちに、学校に着いてしまった。

時計を見ると、時間は予鈴ギリギリだ。いつもはもう少し早くに着くはずなのに、無意識にペースが遅くなっていたようだった。

「はぁ……」

私はもう何度目になるかわからないため息をついてから、昇降口のドアをくぐる。

なんで……告白、しちゃったんだろう。

私がそれを受け入れない、ってことは前々から伝わってたはずだ。ましてあんなやり方で、私がＯＫなんてするはずがない。

やる前から失敗することは明らかなのに、どうしてそんな選択しちゃったんだろう。

本当に、どうして……こんなことになっちゃったのかな。

私は、いったいどこで、何を間違えたんだろう。

その時々でこれが最善だ、って思える選択を繰り返してきたはずなのに、なんで――。

「……だからダメだってば」

休み中、ずっと回り続けていた思考のループにハマっていることに気づき、私は首を振る。

もういい加減、考えるのはやめよう。どうせ答えは出やしない。

とにかく今は、ゾムくんと話をする。今後のことはそれから考える。

それだけ決めて、私は教室の前で一度立ち止まる。

――クラスのみんなとは、いつも通りに。

色々と詮索されるかもしれないけど、一旦は誤魔化して、折を見て個別に説明していこう。

うん、と一つ頷《うなず》いてから、ガラリと扉を開けた。

「みんな、おはよー」

そう、いつもと同じノリで教室に入る。

室内には、登校済みのクラスメイトがいて。私はいつものように行き交う人と挨拶《あいさつ》を交わしながら席に座ろうとして――。

一瞬、入る教室を間違えた、と錯覚した。


「「「「「「「「「「――……」」」」」」」」」」


みんな私を、一瞥《いちべつ》しただけで。

だれ一人、挨拶を返してくれた人が、いなかったから。


「え、っと……」

シン、と一瞬静まりかえった教室は、すぐに喧騒《けんそう》を取り戻す。

……？

どういう……こと、なんだろう。

私は戸惑いながら自分の席に歩いていき、隣席の駒場《こまば》ちゃんに声をかける。

「その……おはよ、駒場ちゃん」

「……はよ」

……よかった。今度は反応が返ってきた。

私はひとまず胸を撫《な》で下ろすが、駒場ちゃんは他に何を言うこともなくすぐに顔を背けてしまった。雑談の一つも挟まないのは、やはり珍しい。

私は机にカバンを置き、教室をぐるりと見回す。

ゾムくんは……いない、か。カバンはあるから、一時的に席を外してるんだろう。

見た感じ、みーちゃんの姿もない。うちのグループで残っているのは、いつものように独り後ろの席でスマホをいじってる大森《おおもり》くんだけだ。

それと、まっつんの席も空席だった。RINE《ライン》で病院に寄ってから来るって話は聞いたけど、遅刻してくるのかな。

続けて私は、先ほど様子のおかしかったクラスメイトたちの顔色を窺《うかが》う。

さっきの沈黙なんてなかったかのように雑談を再開した人、課題のプリントに目を落とす人、気まずそうな目線を向けてくる人――。

それと、明らかに不快げな顔で、こちらを睨《にら》む人。

——ゾムくんに好意を持ってる子たち、だった。

「……」

明確な敵意を肌で感じて、私は息苦しい気分になる。

……こうなる可能性も、予想はしてた。

私はあの子たちの気持ちを知っていたし、ゾムくんと恋愛関係があるか、って聞かれるたびに否定を繰り返していたから。

どころか、何人かからは相談まで受けて、それに答えてしまっている。きっとその信頼を裏切るようなあの告白が、彼女たちの気に障ったんだろう。

改めて、ちゃんと謝って回らないとな……。

私はまた一つ気を重くして、椅子に深々と体を沈めた。

——それからすぐに予鈴が鳴り、朝のＳＨＲが開始。

教室にいづらかったからなのか、ゾムくんはギリギリの時間に戻ってきて、そのまま無言で自分の席に座った。

横目に見た感じ、明らかに精彩を欠いた顔で、どう見ても大丈夫って感じじゃない。

……どうして、こんなことになっちゃったんだろうな——。

◆

昼休み。

私は覚悟を決めて立ち上がり、教室を出る。

ゾムくんには、RINE《ライン》で『一度ちゃんと話したい。テニスコート横まで来てください』と送っておいた。これでもう後戻りはできない。

私は騒がしい校内を離れ、テニスコートのある校舎裏に出る。お昼時、この辺りは人がいない場所だから、落ち着いて話せるはずだ。

私は憂鬱《ゆううつ》な気分で曇り空を見上げながら、近くのベンチに腰掛けてゾムくんを待つ。


「──芽衣《めい》」


きゅっ、と。

慣れ親しんだはずの声で、胸が締め付けられる。

「……ゾムくん」

私の返事に、気まずげに顔を背けてから、ポケットに手を入れ歩いてくるゾムくん。

そのポケットが不自然に盛り上がってるから、きっと中の両手は強く握られているんだろう。

私はなるべく気を楽にしてもらうために、口元を柔らかく緩《ゆる》めてゆっくりと話し始めた。

「来てくれて、ありがとう。どうしても、話しておきたくて」

「……」

「座る?」

「……いや、いい」

そう言って、私の斜め前に立つ。

見上げた横顔は、やっぱり辛そうで。

いつもの無邪気な笑顔は、見る影もない。

「……ごめんね。本当に、ごめん」

「なんで芽衣《めい》が謝るんだよ。悪ぃーのは全部オレじゃん」

投げやりな調子で返された言葉に、私はきゅっと唇を噛《か》む。

「それでも……傷つけちゃったのは、私だもん。期待に応えられないのも、私だもん。だから……ごめん」

「……」

「でも、どうして……こうなることなんて、わかってたはずなのに。あんなこと、したの?」

私の問いかけに、ゾムくんは「はぁ」と息を吐き、肩を竦《すく》めて答えた。

「オレ、馬鹿だからさ……我慢すんのとか、ホントは好きじゃねーんだよ」

そう言って、ふっと鼻を鳴らす。

「我慢って……？」

「自分の気持ち抑えつけるっつーコト」

そしてゾムくんは、空を見上げて語り始めた。

「元々……お前のことは、ずっと好きだった。1年の頃から、ずっと」

「……」

「初めはヤベー美人じゃん、お近づきになりてー、みたいな軽い気持ちだったけど。でも、一緒にいてみてさ。予想の倍美人で、予想の10倍かっこよくて、予想の100倍いい子で――」

「……」

「そんで、予想の1万倍強いヤツだった。たぶんオレの人生で、これ以上のヒトとは会えねーんだろうな、ってくらい」

……強い奴、か。

私が、本当に強ければ、こんなことにはなってないよ……。

「一緒にいれば、オレも強いヤツになれるんじゃねーか、って思って。そうすりゃ、いつかは芽衣と釣り合う時が来るかも、なんて考えてたんだわ」

ダッセーけどな、とゾムくんは吐き捨てるように言う。

「だから、どうにかして一番近いトコにいたかった。付き合うとかは無理でも、トモダチならいけるだろ、って。だから柄でもない聞き分けのいいヤツやって、どうにかこうにかそのポジだけは譲らねーようにやってきた」

「……」

「たださ――」

ぎり、と歯を食いしばる音が聞こえた。

「朝陽だけはヤベーな、って思って。アイツ、オレと違って頭いーし、そんだけじゃなくて色々スゲーじゃん？　だから、オレよかよっぽど芽衣《めい》に近いトコに行けんじゃねーか……って」

あぁ――。

い、い、い、
だから。

「だから……あいつに先越されたらもう無理じゃん、って思っちまって」

やっぱり……。

それがキッカケ、だったんだね。

ゾムくんは再び息を吐いてから口を開く。

「でも芽衣、いつも真っ当にブチ当たらせてくんねーから。オレとかそれしかできねーのに、それ封じられたら何もできねーっつか」

「……」

「じゃあもう絶対逃げらんねートコで言えば、流石《さすが》に返してくれっかな、って思って。なんでやったのか……って理由はそんなカンジ」

そこまで話して、ゾムくんは空を仰いだ。

私は膝の上に置いた手をぎゅっと握る。

でも――それじゃ。

「……わからない、よ。だからって、こんなことしても……よくなるわけ、ないじゃん」

あれが私の一番近いところにいるためだ、っていうのなら、その選択はやっぱり間違いだ。

だって、こうして関係は悪化してる。

悪化することが目に見えていた。

なのに……どうして……。

「私には、わかんないよ……」

「……そーか。まぁ、それが、芽衣、なんだろうな」

ゾムくんはわかってた、とばかりに肩を竦《すく》めて、両手をポケットから出した。

私がその意味を尋ねる前に、迷いを吹っ切るように大声で。

「あーっ！　やっぱオレは、芽衣《めい》と付き合えるような、強いヤツにはなれそーにねー！」

その声は、校舎に反響して響き渡る。

窓から何人かの生徒が何事か、という顔でこちらを覗《のぞ》き込んだ。

「ぞ、ゾムくん……？」

「どうしたってきっと、今回みたく間違ってばっかだろーし。それじゃ、芽衣にメーワクかけちまうもんな」

ぞくり、とその言葉に背筋が凍る。

一番したくなかった選択が、脳裏によぎった。

「だから、もうこれきりにする。――お前に近づくのは、ヤメにするわ」


「……っ」

そして、予想通り。

突きつけられる、完全な決別の言葉。

……ダメ。

ダメだよ、ゾムくん。

「他に……他にさ。何か、もっといい選択が――」

「イヤ、ないって」

ぴしゃり、と。

明確に拒絶されて、私はひくり、と喉《のど》を鳴らす。

「どうして……っ」

「つか……それしか、オレが無理なんだわ。これ以上は耐えらんねーんだ」

フラれたのに仲良しってのもカッコ悪《わり》ぃーしな、とゾムくんは続ける。

気持ちは、わかる。

私と一緒にい続けることが、ゾムくんを傷つけることになるのも。ずっと辛い気持ちにしてしまうというのも。

でも――お願いだから。

別の道がないか、考えようよ……。

きっともっと、もっといい道が。

また、みんなで笑い合える、そんな理想の選択が――。

「じゃーな。これまでめっちゃ楽しかったわー」

空々しい軽い口調でそう言って、背を向け立ち去ろうとするゾムくんに。

「ゾムくっ――」

どんな言葉なら届くのか、私には、わからなくて――。

「オレなんて、さ……。

ホントは、ただ自分が好かれたいだけの、弱っちぃ、普通のヤツなんだよ……」


振り返りざま、漏らした言葉と一緒に見えた、その顔は。

形だけ笑おうとして、余計に悲痛さの増した——。

悔しげな顔だった。

◆

ゾムくんの、去った後。

私はご飯を食べる気にもなれず、ぼうっとベンチの上で昼休みを過ごしていた。

昼休みを満喫する生徒の声もここには届かなくて、空気の震えるざわめきのような音だけが周囲に響いている。

また、普通……か。

さっきから、ゾムくんのその言葉が頭をぐるぐる回って離れない。

前に大森《おおもり》くんから、私は普通じゃない、と言われたことがあった。

その時はそんなことはない、と思った。

今も別に、みんなと違うところなんてない、と思う。

でも……ゾムくんの選択の意味がわからないということは、やっぱりみんなと何かが違う、ってことなんだろうか。

じゃあその何か、って？

能力？　性格？　それとも考え方？

そのみんなと違う何かのせいで、こんなことになっちゃったの……？


――キーンコーンカーンコーン。


予鈴のチャイムが鳴り響き、やっとその思考が止まった。

……いい加減、戻らなきゃ。

ベンチからなんとか体を起こし、足を引きずるようにして歩き始める。

校舎の廊下では、行き交う生徒たちの笑い声や教室から漏れる談笑が飛び込んでくるけど、今は厚い壁を一枚挟んだかのように遠くに感じた。

――がらり。

閉じられていた教室のドアを開き、中に入る。

既に昼休みも終わりに近づいた室内には大半のクラスメイトがいた。ただ先に戻ったはずのゾムくんの姿はどこにも見当たらない。

……ちゃんと授業、戻ってきてくれるかな。

ただでさえ成績、あんまりよくないのに。サボったらついていけなくなっちゃうよ。

私は……きっと、もう、見てあげられないんだよ……。

じくり、と痛む胸を押さえながら周りを見渡す。

見た感じ、みーちゃんと大森《おおもり》くんもいない。二人ともお昼で席を外してるだけなんだろうけど、今はそれが不安に思えて仕方がなかった。

「――ほんと、信じらんないよね」「何か言ってやった方がいいよ」「そうそう、言う権利あるよ、まっつんには」

――中央の人だかりから、会話の切れ端が聞こえてくる。

見ればその中心に、まっつんの姿があった。

……よかった、まっつんはちゃんと登校してこれたんだね。

私は少しだけ気分を軽くして、その人だかりへと歩み寄る。

RINE《ライン》で状況は少し話したけど、まだきちんとお詫びできていない。

こういうことは早い方がいいだろうし、私の気分は一日置いて、ちゃんと謝ろう。

「まっつん、体調だい――」

「芽衣《めい》。どうして、私から、主役を横取りしたの？」

唐突に。

怒りの籠《こも》った言葉を浴びせられて、私の思考が停止する。


「…………、え？」

「え、じゃないよっ……！」

まっつんはこちらを見るなり、急に感情を昂《たかぶ》らせてキッと睨《にら》み付けてきた。

「こんなの、こんなのひどすぎる……！　私に散々頑張れとか言っておきながら……！」

「ま、待って……」

予想だにしない状況に巻き込まれ、私の思考はパニックに陥った。

「な、何か誤解してない？　どうしてそんな――」

「じゃあなんでっ。都合よくあのタイミングで、代役なんてできたのっ!?」

都合、よく？　代役を？

私が絶句していると、周りの子たちが声を上げ始める。

「しかもソッコーやるとか言い始めたしね」「準備してたとしか思えない」「絶対最初から狙《ねら》ってたんでしょ」

「み、みんな落ち着いて。とにかく落ち着いて！」

思わず声を荒げてしまい、慌てて口を噤《つぐ》む。

待て……落ち着くのは、私だ。

私は一度だけ大きく息を吐いて心を落ち着かせ、頭を働かせる。

見れば、まっつんの周りの子は、ゾムくんに好意を寄せている子ばかりだ。

たぶんだけど、何か誤解を与える説明の仕方をしてしまったんだろう。それで解釈がちんぷんかんぷんなことになってるみたいだ。

落ち着いて、順番に説明して、誤解を解かないと。

「その……まず、ね？　主役を横取りするつもりなんて、あるわけないよ。だって主役がやりたいなら、最初から立候補するもん」

「途中で気が変わったんでしょ」「てかそもそも主役のセリフをきっちり覚えてたことが一番怪しいし」「いくらなんでも役者交替の判断早すぎだよねー」

「い、いやいや、待って待って」

同時に三つも言葉が返ってきて、私はたじろぐ。

どうもみんな冷静じゃないみたいだ。結論ありきで話してる気がする。

と、とにかく順番に順番に……。

「セリフはほら、監督だし、主役だけじゃなくてみんなの分も全部覚えてるよ。だから、主役だからって代役を言い始めたってわけじゃなくて——」

「うわ……さらっと嫌味っぽい」「てかまず役者やってる人に聞けばいーじゃん。主役交代できる人いませんか、って」「そーそー、それがスジでしょ」「いきなり自分がやりまーすとか言い始める必要なくない？」

「え、えっと、それは……」

な、何から……何から、答えればいいんだろう。

そんな風に私が迷っていると——。


「結局さ。私たちのこと、なんて、まるで、信用してない、ってことでしょ」


——突如。

真後ろから届いたその言葉で、私の思考は再び停止した。


「こ、駒場《こまば》ちゃん……？」

振り返った先には、つまらなそうな表情の駒場ちゃんが。

「困っても何も相談しないもんね、清里《きよさと》。全部自分で勝手に決めるから」

「な……そんな、つもりは」

「模擬店の時だってそう。予備予算の話、だれかにしたの？」

「……えっと、それは……」

あれは、あの場でとっさにでっち上げた嘘《うそ》だ。嘘だから、当然だれにも話していない。だからといって実は実費で負担したなんて話したら、押し付けがましくなるだけだ。そもそもそんなことを言ったら、ミスをした神泉《かみいずみ》ちゃんの立つ背がなくなってしまう。

「……その……」

「ほら、答えらんない。事実だって言ったようなもんだよね」

ふん、と鼻を鳴らして、駒場ちゃんは顔を背けてしまった。

ふと周りを見ると、クラス中の視線が私に集まっている。

すっかり静まりかえったクラスで、私を見るみんなの顔は、お世辞にも好ましいものとは思えなかった。

じわり、と喉《のど》元に嫌な感覚が迫り上がってくる。

これは……この、雰囲気は。

よくない。

いい。

「……やっぱりかよ」「ね、だから言ったじゃん？」「前から変だとは思ってたんだよな……」「ホントに私たちのこと下に見てたってこと？」「うわ……信じらんない」


――あぁ、ダメだ。

このまま、この空気が続いたら。

きっと、取り返しがつかなくなる。

私はそう直感して、声を張り上げる。

「そ、そもそも！　まっつんが具合悪くなるのなんて、予想できるわけないよ。だから狙《ねら》って交替とか、できるわけない！」

「僕から統括の仕事奪ったの、そのためでしょ」

今度は真横から、不意打ちを受けた。

「タッキー……！」

「それって、当日の配置をコントロールするためだったんじゃん？　わざと松原《まつばら》にしんどい仕事させられるように」

「えっ、な……なにそれ⁉」

あまりの暴論に、私は言葉を失った。

「そんなことするわけないってば！　どうしちゃったのタッキー……！」

「ボクを気遣うようなフリしてさ……心の中じゃ、こいつ使えねーとか、バカにしてたのかよ」

吐き捨てるようにそう言われ、ズキンと胸が痛む。

なんで……。

なんでみんな、急に、こんな――。


「いつもリーダーやりたがるのってそのため？」「でなきゃ自分から面倒なこととかやるわけねーもんな」「最悪……」「いいヒト面して、結局は性悪かよ」「あるある、清楚《せいそ》っぽい顔して実は腹黒ってやつね」「人のこと何だと思ってんの？　ゲームの駒じゃないんですけど」


「違う……違うの、みんな、待ってよ……」

同時に処理しなきゃいけない情報が多すぎて、頭が働かない。

言わなきゃいけないことが多すぎて、何から言っていいかわからない。

「私は、ただ……文化祭を、成功させたくて……」

「は？　自分で台無しにしときながら？」「劇を私物化しといてソレ？」「ねー。私らはあんたを目立たせるためにいるんじゃねーっつの」「最優秀賞とかまるで嬉しくねーもんな」「僕らの成果じゃないしね」「もういっそ返上しようぜ返上」「あはは、前代未聞それ！」

「あ、う……」

ぐにゃり、と世界が歪《ゆが》む。

「どうして……どうして、みんな――」

なんで、そんな。

悪い方にばっかり、考えちゃうの？

何も、だれも、笑えない方にばっかり、行っちゃうの――？

「みんなに、笑って、もらいたいだけなの……」

それだけ。

ただ、ずっと。

ずっとずっと、みんなが、たくさんそうできればいいな、って。

それだけ、なの。

「何言ってんの今更」「笑えるわけねーじゃん、こんなことされてさ」「やっぱどっかおかしーわ」「変だよね、変」「ないない、マジでない」「ヤベーって」「異常だな」「怖いなー」「近寄りたくないね」「無理無理」「キッツいわ」「ありえないよ」「てかウザい」

どう、しよう……。
どうしよう、どうしよう。
どうしようっ——！

「——おいッ！　お前ら、何やってんだよっ！」

——。

目の前には、男子の背中。

「なんでこんな……っ！　芽衣《めい》は何も悪くねーだろ！　責めるならオレを責めろよっ！」

シン――。

「つーかお前ら、マジで言ってんのか!?　今まであんだけ芽衣《めい》に頼っときながら……ッ」

――あ、あぁ。
無関係だって。
もう関わらないって、言ったのに。

どうして。
どうして、ゾムくん。

「黙ってんじゃねーよ、オイッ!　この馬鹿野郎ども!」

どうして――。
この、最悪の、タイミングで。
私を、庇《かば》っちゃうの。

「——いつまで主人公とヒロイン気取ってるんだか。いい加減、現実見ろよ」

ボソリ、と呟《つぶや》かれた。
だれか《みんな》の、言葉で。

——全てが、終わった。

——。

——……。

「よーし授業始めるぞー。席つけー、席」

永遠かと思われた空気は、チャイムとともに入ってきた先生の言葉で霧散した。
ふらふら、と。自分の席に戻る時。
教室の入り口で、腕を組んで立っていた大森《おおもり》くんと、目が合って。

——だから言ったじゃん。

そんな言葉が、自然と、頭に浮かんできた。

◆

「——はい。そうです、一名キャンセルで。よろしくお願いします」

だれもいなくなった、放課後の教室。

私はスマホを耳から離し、打ち上げ会場のカラオケ店との通話を切った。

流石《さすが》に、私が参加していい空気にはならないだろうから。キャンセル料のかからない今のうちに、手配しちゃった方がいい。

当日の仕切りは、副委《タツ》——みーちゃんに、やってもらおう。今度お願いしなきゃ。

そう機械的に判断しながら、外をぼうっと眺める。

暗くなり始めた眼下の校庭には、部活に励む生徒たちの姿。外周をランニングする時の掛け声が、ガラスの窓越しにくぐもって聞こえる。

初めて……部活、サボっちゃったな。

大会の後でよかった。私が休んだとしても、だれにも迷惑がかかることはない。

「──現実、理解した？」

急に投げかけられた言葉に、ずくん、と胸が痛む。

顔を上げた、その先には──。

「……大森《おおもり》、くん」

つまらなげに、呆《あき》れたように。

昼間と同じく、教室のドアに寄りかかるようにして、大森くんが立っていた。

「これが清里《きよさと》が笑わせようとしてたみんなの正体だよ。どいつもこいつも、ただ一人だけ文化祭で目立ってた清里が気に食わないんだとさ」

「……」

「そもそも、今まで清里にお溢《こぼ》れ貰《もら》ってただけだっていうのにね。それがなくなるとすぐ手のひら返すんだよ、連中は」

馬鹿馬鹿しい、と吐き捨てる。

「しかも自力で手に入れる努力とか絶対しないで、持ってる奴の方を引きずり下ろそうとする。そっちのが楽だし、他人を叩《たた》くのは気分がいいらしいからね」

「……」

「清里《きよさと》が本当はどんな想いだったかとか、どんだけ今まで助けられてきたかとか、そんなのどうでもいいんだよ。ただ自分らが気持ちいいかどうかしか考えてないんだから」

「……」

「そんな奴らのために頑張る必要とか、あると思う？　まるでないでしょ？」

きゅっと、唇を噛《か》む。

大森《おおもり》くんの言葉が、頭をぐらぐらと揺すっている。

「まぁでも……これでスッキリしたんじゃん？　向こうから切ってくれるって言うんだから」

そして大森くんは、不意にその顔から嘲《あざけ》りの色を消して続ける。

「三鷹《みたか》の奴は、馬鹿なりによくやったと思うけど。ただ、あれを続けられるかは微妙だよね。なんだかんだ八方美人な奴だし、あいつ」

「……」

「でも……少なくとも、俺は」

そして、真面目な顔で。

言ってしまう。

「清里とだけ笑ってられれば、それでいい……けどね」

――ああ。

私は、両手で顔を覆う。

全てから目を背けたい、と。

……それは、ダメ。

それじゃ、ダメなの。

だって、だって、それじゃ――。

「――無理、だよ」

――みーちゃん、が。

私たち以外のみんなが。

笑えなくなって、しまう。

「どんなに……どんなに、みんなが、私のことを嫌いになっても」

――だから。
私は。
それでも、
それでも。

「それでも、みんなに……笑ってて、ほしい」

だってその理想は、絶対に間違ってない。
だってその理想が、もしも間違っていたとしたら――。

「笑って……ほしいよ……」

理想《それ》で傷つけてしまった、みんなに入れなかったみんなに――。

顔向けが、できない。

「……あっそ」

大森《おおもり》くんは、顔を背けて。

「なら……好きにしたら。流石《さすが》に破滅願望のある奴に付き合うほど、酔狂じゃないからね」

私の方を見ないまま、立ち上がり。

「俺は、そこまで異常者じゃない。……異常者には、なれなかったからね」

じゃあね、と。

感情を押し殺したような声で、それだけ残して、教室《ここ》から立ち去った。

——それから。

私たちが、一緒に笑い合うことは——。

二度と、なかった。

◆

完全下校時間を知らせる放送を聞き終えて、私は教室を出た。

消灯が始まり薄暗くなっていく廊下を、独り歩く。

校内に人の姿はない。どころか、知らぬ間に校庭すら真っ暗闇《くらやみ》になっていて、部活の生徒の姿も消えていた。

——とにかく、疲れた。

考えなきゃいけないことは、いろいろある。

でも今日は、これ以上考えるのはやめにしよう。

また明日。寝て起きて、それから一つずつ、整理していこう。

そう決めて、私が校門を出たところで——。


「あれー？　こんなとこで奇遇じゃーん、清里《きよさと》さーん？」


と。

バニラの甘い香りとともに、ふわふわとした喋《しゃべ》り口調の声が耳に届いた。

「……梨々子《りりこ》ちゃん」

見れば、門柱に寄りかかるようにして、梨々子ちゃんが一人佇《たたず》んでいた。

「遅かったねー、部活サボってこんな時間まで何してたのー？」

くすくす、と。

忍び笑いを漏らしながら、梨々子ちゃんは続ける。

「なーんて、それは冗談でー。実はさっき、A組の教室で清里さんと朝陽《あさひ》が内緒話してるの聞こえちゃったんだよねー」

「……」

「なんかもうお別れーみたいなシリアスな話してたからー？　かわいそうだなー、って思って慰めにきてあげたー」

悪意に満ちたその物言いに、沈んでいた私の心がざわついた。

……今は、あんまり話したくない、な。

「……ごめん。もう、帰るね」

「しかもー？　なんか噂《うわさ》じゃ、ゾムくんとも喧嘩《けんか》しちゃったとかー？　もー、みんなの前で告白断られたり、ゾムくんほんとカワイソー」

「それなら……ゾムくんの方に、行ってあげて。私は大丈夫だから」

「もちろん！　そっちはちゃーんと私が支えてあげるからー。だから清里さんは心配しないでねー？」

梨々子ちゃんはニヤニヤと、私の反応を窺《うかが》うかのようにこちらをじっと見つめている。

「……梨々子ちゃん」

私は重々しく口を開いた。

「うーん？　なにー？」

愉快げな様子のまま、その首を傾《かし》げる梨々子《りりこ》ちゃんに。
私は。

「――お願い。お願いだから、ゾムくんを……ちゃんと笑わせて、あげてね」

そう言って、頭を下げた。
梨々子ちゃんは、虚を突かれたように黙り込み。
「……はぁー」
そして、大きく息を吐いて。
その長い髪を、鬱陶《うっとう》しげに持ち上げて――。
右耳に、かけた。

「――この期に及んでソレかよ。マジでイカれてるわ、あんた」

その顔を、嫌悪に染めて。
初めて、その本性を剥《む》き出しにして、私に詰め寄ってきた。

「あーもうっ、マジでムカつく！　なんでそんな聖人君子でいられんの？　ほんと人間？」

「え……え？」

態度の豹変《ひょうへん》に戸惑っていると、梨々子ちゃんは「ちっ」と憎々しげに舌を鳴らし、私を門柱の壁に追いやった。

そしてばしん、と背後の壁を手で叩《たた》き、顔を寄せてくる。

「少しは悔しがるとかしろっての。なんで勝利宣言しに来たこっちがミジメな想いしなきゃなんねーんだよ！」

「ど、どうしたの？　なんで急に……」

「わかってんの？　あんた、私にハメられたんだよ」

——ハメ、られた？

その言葉の不穏な響きに、心臓がきゅっと締め付けられる感覚を抱く。

「どういう……意味？」

「言葉通りだけど？　プールの時からさぁ、あんたら私にうまいこと誘導されてたの」

ぞくり、と背筋が寒くなった。

誘導……って。

「わざわざ朝陽を煽ったのもさ、全部そのため。朝陽《あさひ》の前であんたを馬鹿にすれば、絶対にムカついて口出してくるだろう、ってね」

え……!?

「な、なんで――」

「なんで？　だって私、最初から朝陽の気持ち知ってたし」

――ドクン。

そして、にやり、と梨々子《りりこ》ちゃんは笑う。

「で。カッコよくあんたを庇《かば》う姿とか見たら、ゾムくんは絶対焦るだろーな、って。ライバル視してんのなんて見てりゃわかるもん」

「……」

「にしても被服室の時のは面白いほどハマってウケたわー。ゾムくんたちがもうすぐ来るとか言うから、わざわざあんたに話しかけてさー」

あ……。

「それで、あんたを煽《あお》りながら様子見てたら、いいタイミングで二人がやって来て？　朝陽《あさひ》とか、私と目が合うなりノータイムで割り込んできたからねー」

心底おかしげに、梨々子ちゃんは種明かしを続ける。

「対して、優しいゾムくんは事を荒立てないように立ち止まっちゃった、と。それに負い目を感じてたところに、トドメとばかりあんたと朝陽が密会してるのを目撃しちゃったせいで勝負を急ぐことになった、って感じ？　まぁあんな目立つ告白するとまでは思わなかったけどー」

意外と夢見がちで可愛《かわい》いんだよねーゾムくん、と続ける。

「あんたが告白を受けるつもりなんてないの、ハナからわかってたしー？　ただゾムくんには一回痛い目見て目を覚ましてほしかったから、ちょうどいいやー、ってね」

はいこれでおしまい、と梨々子《りりこ》ちゃんは大仰に両手を広げて見せた。

私は呆然《ぼうぜん》と呟《つぶや》く。

「どうして……なんで、梨々子ちゃんは、そんな——」

「汚ないやり方、とでも思った？」

ふん、と鼻を鳴らして、馬鹿馬鹿しいとばかりに嘲《あざけ》る。

「だって私、小物だし性格悪いし。ぴったりでしょ？　こういうズルーイやり口さー」

「……」

「でもさー。みんな、そうじゃん？」

みんな……そう？

梨々子ちゃんは当たり前とばかりに堂々と言う。

「性格悪くない人とか、この世にいなくない？　だれだって嫌いなヤツとは話したくないし、好きな人は他のヤツ蹴《け》落としてでも手に入れたいし」

そして——。

「それが普通だっつの。あんたみたいな、住む世界の違う天使様とは違ってねー？」

――あ、う。


それが、普通……？

そんな風に、あえて悪しざまに振る舞うのが、普通ってことなの……？


私が黙っていると、梨々子ちゃんは憎々しげに口元を歪《ゆが》めた。

「つーかこっちはさ、キレイゴトだけじゃ欲しいものなんて手に入れらんないの」

そしてギリと歯を強く噛《か》み締め、鋭くその目を吊り上げると、間近で私を睨《にら》み付ける。

その瞳の奥には、怒りの激情が垣間見えた。

「好みに近づけるようにオシャレ覚えて、勉強頑張って運動頑張ってそれでも振り向いてくんないから、いっそ嫉妬させてやろうと先輩と付き合ったりして……！　こっちは必死に努力してんのに、ぽっと出のあんたが何の苦労もなく全部持ってこうとすんじゃねーよ!!」

あ……。

もしか、して。

二人は、初等部の時から知り合いで。

私よりもよっぽど付き合いが長くて。

だから――。

私は直感的にその可能性に思い至り、思わず漏らす。

「梨々子《りりこ》ちゃん……ずっと昔から、ゾムくんのこと、好きだったの……？」

「――」

梨々子ちゃんは、答えない。

代わりに、自分を落ち着けるように大きく「はぁー……」と息を吐いてから、耳にかけた髪を手櫛《てぐし》で元に戻す。

「あー、なんかよくわかんないテンションになっちゃったー。ちょっとくらい人間っぽいとこ見せるかと思ったのに、最後までいい子ちゃんとかマジで萎《な》えるー」

「……梨々子、ちゃん」

「今の全部冗談だから忘れてねー？　ま、今更あんたが何言っても状況は変わんないけどー」

じゃーねー、と手をひらひらと振りながら、梨々子ちゃんは踵《きびす》を返す。

「あ、そーだ。ついでだしー、最後に教えといてあげるねー」

と、去り際に、何かを思い出したように立ち止まり。

それから、ニィ、と酷薄な笑みを浮かべたかと思えば――。

「私が、やけにあんたたちの事情に詳しいの――なんでだと思う？」

◆

――翌日の、放課後。


「――打ち上げのお店はいつものところね。私の名前で予約してあるから」

私はみーちゃんと待ち合わせ、学校近くの神社の一角にある小さな公園にやってきていた。

大通りから少し入ったところにある静かな場所で、たまに二人で買い食いをしたり、のんびり雑談する時に使っているところだ。

やることは引き継ぎだけだし学校で話してもよかったけど、完全下校の時間が間際に迫っていたから、念のため学外に出てしまうことにしたのだった。

陽の落ちた薄暗い公園で、私は説明を続ける。

「それで、二次会の会場は参加する人の数を見ながら決める感じね」

「……」

「カラオケ継続ならそれでいいし、ご飯食べたりお茶したりするなら、近くに候補のお店いくつかリストアップしてあるから。あとで送っておくね」

「……」

隣のベンチに座るみーちゃんは、先ほどからずっと黙ったまま。

この場所は鬱蒼《うっそう》とした木々に阻《はば》まれて、街灯やビルの明かりが届かない。一つだけある中央の電灯の光が、ちらちらとその横顔を照らしていた。

表情は前髪に隠れて、はっきりと見えない。

ただ――その唇を噛《か》み締めている、ってことだけわかった。

「……みーちゃん、大丈夫？　具合悪い？」

「……」

合流してから、ずっとこの調子だ。

日中はそう変わった様子はなかったから、図書委員の仕事で何かあったのかもしれない。

もしかして、またトラブルかな……。

私は心配になって尋ねる。

「みーちゃん、もし何かあったなら――」

「なんで芽衣はいつも、いつも通りなの」

――突然、そう遮《さえぎ》られ。

私は、喉《のど》をひくりと鳴らして、押し黙る。

「梨々子から聞いたんでしょ。——私が、ずっと裏切ってたこと」

みーちゃんは顔を上げ、私を見据える。

その……綺麗《きれい》な、真っ黒の瞳は。

いつになく、深く、重く。

闇を抱《かか》えて見えた。

「……なんの話?」

「とぼけないで。本人から聞いたから」

——っ。

梨々子《りりこ》ちゃん、なんで……っ!

「『聞かなかったことにする』とか、言ったんだよね。『今のを冗談にしないなら、私もさっきの話を冗談にできない』なんて、珍しく脅しみたいなことも」

「……」

「でもあの子が、芽衣《めい》の思い通りに動くわけないでしょ。芽衣には、梨々子でさえ傷つけることなんてできないって、最初から見抜かれてたんだよ」

「みー、ちゃん……」

どうして、と。

私は、声にならない声で呟《つぶや》いて、ぎゅっと両手を握った。


――昨日、聞かされた話によると。

私が知らないところで、みーちゃんと梨々子《りりこ》ちゃんは密かに協力関係にあったらしい。

二人とも同じクラスだった去年はさほど絡みはなかったようだけど、今の学年になって私たち4人グループが確立してから、梨々子ちゃんの方から接触したようだ。

ゾムくんと私の動きを知りたかった梨々子ちゃんは、みーちゃんが大森《おおもり》くんとの関係を深めたがってることを利用し、裏でサポートをする代わりに情報提供してほしいと持ちかけた。

そしてみーちゃんはそれを承諾して、以降ちょくちょく連絡を取り合っていた――と。

つまり、夏休みの、あの日。

サマーパークに突然梨々子ちゃんが現れたのは、みーちゃんがその予定を伝えていたから、というのが真相らしい。


「――梨々子に言われたの。『今のままじゃ大森君に飽きられるよ』って」

みーちゃんは懺悔《ざんげ》するかのように、ぽつぽつと話し始める。

「そんなことない、って否定した。大森君は私をちゃんと見てくれて、その上で認めてくれたんだ、って思ってたから」

俯《うつむ》いて、ぎゅっと両手を握る。

「でも……そうしたらこう言われた。『だって身近にもっと魅力的な人がいるじゃん』って」

「……！」

それ、って――。

みーちゃんは悲しそうに目を細め、振り絞るような声で呟いた。

「私は――最初から、ずっと見てたの。大森君が、芽衣に惹かれてくのを」


「……っ」

「時間が経てば経つほど、大森君が芽衣《めい》に惹《ひ》かれてくのがわかった。私が何をしても、どれだけ頑張っても、どんどん気持ちは遠ざかっていった」

「……」

「それが、すごく辛くて……すごく焦った。でも同時に、当たり前だ、って気持ちもあった。だって芽衣だもん。私と芽衣じゃ、どうやったって勝負になんてならないんだから」

ぎゅっ、と。

みーちゃんのスカートが、強く握り絞められた。

「そんな時――梨々子に『これ以上の進展を止める方法がある』って持ちかけられた」

「……ぁ……」

「言う通りにすれば、大森《おおもり》君は芽衣《めい》から離れるはずだ、って。梨々子《りりこ》は三鷹《みたか》君を、私は大森君を手に入れられるから、って」

——そして。

みーちゃんは私を見ると、その声を冷たく凍らせて。

「私はね……あの最悪な、梨々子の計画に、乗っかることにしたんだよ」

そう——。

自分のした選択を、はっきりと告白した。

「……みーちゃん……」

「三鷹君《友達》を傷つけても、芽衣《親友》を傷つけても、大森君《好きな人》さえ傷つけたとしても——最後に、私だけ笑えるような、最低の選択をしちゃったの」

そして、みーちゃんは。

「だって……だって」

くしゃり、とその顔を歪《ゆが》めて。

「それ、だけは……っ」

一雫《しずく》の、涙を溢《こぼ》しながら。

「恋《それ》だけは……っ！　芽衣に、負けたくなかったんだもん……！」

──痛々しくも、頑なに。

燃え上がるような恋心《おもい》を込めた瞳で、敵《わたし》を刺し貫いた。

……あぁ。

本当に──本当に、意思が強いんだよ、なぁ……。

みーちゃんはすん、と鼻を啜《すす》ってから、再び口を開く。

「でも……まさか、ここまで大事になるなんて、思ってなくて……芽衣《めい》は何も悪くないのに。悪いのは、私だけなのに——」

そして、おもむろに立ち上がり。

「今さら謝ってもどうしようもないって、分かってる。だから——」

私に、背を向けて。


「最低の、裏切り者は——いなくなる、ね」


みーちゃんは。

みーちゃんも。

去って、いく。


「待っ——」

私は咄嗟《とっさ》に手を伸ばす。

でも——。

その手は、ぎりぎり、届かなくて。

「ずっと私なんかと、友達でいてくれて、ありがとう。――さ、よ、う、な、ら」

私は、もう――。

親友とすら、笑い合うことが、できなくなったのだった。

――。

――……。

……ダメだ。

ダメだ、ダメだ。

「――みーちゃんっ！」

「えっ……？」

そんなのはっ、絶対に、認めない――っ！

立ち上がり、走り出し。

後ろから、みーちゃんの体を抱きすくめ。

そして――。


「全部――全部、許すよっ！」


――そうだ。

どれだけ間違えたって。

どれだけ取り返しがつかなくたって。謝っただけじゃ済まなくったって。

親友なんだから――。

なんだって許すに、決まってるんだ。


「ごめん……本当に、ごめん！　悪いのは、私の方だ……！」

「……」

「もっとちゃんと、話をすればよかった！　勝手な気遣いばかりしてないで、もっときちんと話し合えばよかった！」

「……」

「だから、自分だけ責めないで……！　みーちゃんは、全然おかしなことなんてしてない。だって恋のために、自分の恋心《おもい》を貫くために必死だったんだもん！」

「……」

「みーちゃんは最低なんかじゃない！　だからお願い、自分を卑下したりしないで、その強さを無くしたりしないで。誇って、胸を張って！」

「……」

「それで……また一緒に、さ。がんばろう？」

私は正面に回り込み、みーちゃんの手をしっかりと取る。

――せめて。

せめてみーちゃんが、一緒にいてくれるなら。

こんな最悪の、さらに最悪な状況だったとしても。

「私は――全力を超えた全力で、挽回してみせるから。

みんなでずっと笑い合える学校生活を、その理想を、必ず実現してみせ――」

「もうやめてっ!!」

パシン――。

乾いた、音が、響く。

「――……え?」

まず、じわり、と。
手のひらに、熱さが広がった。
次に、握っていたはずの手を、はたき落とされたのだ、と気づいて――。

「どう……して……?」

――私は、親友《みーちゃん》に。
拒絶された、のだ、と知った。

「もう……もう無理なんだよ！　もう限界なのっ！」

みーちゃんは両手で耳を塞《ふさ》ぎ、絶叫する。

「み、みーちゃ――」

「もう私に――理想なんてもの、見せつけないでよぉっ！」

――……。

「私は芽衣《めい》じゃない！　芽衣みたいに、いつでもずっと理想を目指して頑張り続けるなんてこと、できるわけないでしょぉっ！」

強く、激しく。

見たこともない目で睨《にら》まれて、私はびくりと身を震わせた。

「芽衣は、芽衣は、いつだって理想ばっかり！　自分だけじゃない、周りの人にだって、いつもいつも理想的なことばっかり求めるんだっ！」

「あ……あ……」

「芽衣《めい》だけなんだよ、そんなことができるのはっ！　いつでも正しくて、どんな理不尽にも絶対挫《くじ》けないで、何があっても諦めないで理想だけ見ていられるのはっ！」

　髪を乱して、顔を涙でぐしゃぐしゃにして――。

「そういうことされるとさぁ……！　芽衣みたくできない自分が、本当に最低な人間に思えてくる！　惨めで卑しくて小さい人間なんだって思っちゃうの！　だから好きな人も盗られちゃうんだ、って思っちゃうのっ！」

　みーちゃんは、両手で顔を覆い、絶叫する。

「頑張ればいいだけなのはわかってる……！　でもわかってても、できないんだよっ！　私は芽衣じゃなければ、青春小説の主人公でもない！　普通の、ちっぽけな、クラスの子たちと何も変わらない凡人なんだからっ！」


　――あ。


「芽衣は……芽衣だけが、普通じゃないんだよっ！

　常に理想ばかり見せつけられて、理想ばかり押し付けられて、そんな、そんな人と一緒にいて、普通の人が耐えられるわけがないんだよぉっ――――!!」

そう、叫ぶなり。
親友《みーちゃん》は、理想《わたし》に背を向けて、走り去る。
真っ暗な公園から、街の方へ。
ただ、闇を振り払うように、明かりの方へと走っていく。

……ああ、そっか。
そう、だったんだね。

私は、独り。
だれもいない、公園で。
これまで、だれよりも近くにいた親友の。
みーちゃんの――。
その一言で。
全てを理解した。

――私が、みんなを、笑えなくさせてしまった理由。

私が、普通じゃない、その理由。
みんなで笑い合える、最高に幸せな、理想の現実――。
そんな理想《げんじつ》を作り上げるんだって、全力で頑張り続けて。
絶対に妥協しないで、挫《くじ》けないで。
どんな時でも、自分を貫き続けて。
ただひたすらに、理想を成し遂げることだけ考えて、走り続ける。

理想しか選ばない。
理想しか選べない、私の在り方、そのものが。

――みんなを、笑えなくしてしまったんだ。

「あは、は……」

それって、つまり――。

「私《・》が《・》、関《・》わ《・》っ《・》た《・》だ《・》け《・》で《・》。
みんな、笑えなくなっちゃうってこと、なんだね……──」

それから、私は。

みんなと関わるのを、やめた。


登校時間はギリギリにして、予鈴が鳴るまでどこかで時間を潰《つぶ》す。

授業中は、黙々と勉強だけに集中して。グループワークの時は、邪魔にならない程度の発言だけして、全てみんなに任せた。

お昼はいつも人のいない場所を探して一人で食べた。いつも同じベンチにいると目立つから、体育倉庫の奥とかゴミ捨て場の裏のような場所も使った。

部活は辞めた。どうせもうすぐ引退だったし、大きな大会も残ってない。これからは勉強に専念したいとか適当な理由をつけて、送別会どころかさよならを言うこともなく消えるように退部した。

ちょうど後期が始まるタイミングだったから、クラス委員長の続投は断ることにした。担任の下北沢《しもきたざわ》先生にはしきりに理由を聞かれたけど、部活と同じような理由で押し切った。

大抵のクラスメイトは、ちょうどいいとばかりに距離を取ってくれたけど。神泉《かみいずみ》ちゃんとか、一部の人は、そんな私を心配して声をかけてくれた。

でも中途半端な態度では意味がないと、徹底して無視することにした。

本当は、学校に行かないのが一番だったけど……両親を困らせるわけにはいかないから、家ではいつも通りの顔で過ごした。

毎日ありもしないエピソードを作って伝えてたら、楽しい青春ストーリーを作るのがちょっとだけ得意になった。

ただ、あれだけ好きだった青春小説は、開くことすらなくなった。


――これで少なくとも、私と関わったことで、笑えなくなる人はいなくなる。

普通じゃない、はみ出しものの私を、除け者にするだけで。それが達成できる。

なら……やらない理由、ないよね？

そう思って、積極的にそんな日々を過ごした。


――だけど。

しばらく経った、ある日。

「――このクラスで、いじめが横行しているとの通報を受けた」

ああ……。

どうして、そうなっちゃうの……。

「お前たちは……いつの間にそこまで腐った？　情けなくて言葉もない」

下北沢《しもきたざわ》先生の、怒りに満ちた声。

静まり返る教室の、空気。

「一貫校だからと、全てが許されると思わないことだ。学校側は厳粛な対応を取る」

――私は。

私は、だれとも関わらなくても、ダメなの？

関わっても、関わらなくても。

どうやっても、みんなを不幸にするのが、私なの？

——また私は、間違えた。

これでまた、みんなの笑顔が、一つ消えた。

◆

同時期に、お父さんの転勤の話が持ち上がった。

今回はお父さんの実家のある峡国市《きようごく》への転勤だ。仕事の話はよくわからないけど、一応出世といっていいらしい。

家族会議では、お父さんだけが単身赴任するって前提で話が進んでいたけど——。

「私も……一緒に、行きたい」

そう、強く希望した。

私の提案に両親は驚いて、せっかく一貫校にいるのに無理をする必要はない、と止められた。

でもこれだけは譲れないと、ありとあらゆる理由をでっち上げて説得した。

結果、家族みんなでお父さんの実家に間借りして、現地の高校を受験することになった。

――よかった。

これでもう、みんなに迷惑をかけずにすむ。

諸悪《わたし》の根源さえいなくなれば、先生に告げ口した裏切り者を叩《たた》くことも、そもそもだれそれが悪いと罪を着せ合うことも、全部必要なくなる。

みんな元のように、明るく気のいい人たちに、戻ってくれるはずだ。

全部なかったことにして、高等部で、やり直せるはずだ。

「A組ってさ、学級崩壊してるんでしょ？」「自業自得《じごうじとく》じゃん。いじめとか馬鹿すぎ」「あいつら品性ないよね。足引っ張りあってばっか」「成績もガタ落ちだって」「あまりにヤバいから来年バラバラにされるってさ」「え、じゃあ一緒のクラスになるかもしんねーの？」「うわマジ勘弁。問題児と関わりたくないんだけど」「近寄らないようにしとこ。馬鹿が移りそう」「賛成ー」

――漏れ聞こえてくる、他クラスの会話。

――……。

どう、すれば……。

私、は……いったい、どうすれば……。

◆

そして——。

私は、最後まで。
何かをすることも、何もしないことも、選べないまま。
みんなが心から笑うところを、見ることのないままに。
赤川《あかがわ》学園を、去った。

……いつの日か。
みーちゃんと話した、青春小説のような毎日は——。
理想を追い求め、ただただ最善の選択を積み重ねてきたことによって。
最悪のバッドエンドとして、幕を閉じた。

◆

——私は、必死に考えた。
これからどうすればいいのか、って。
このままじゃ、新しい学校に行ったところで、何も変わらない。
いずれまた、同じような結末を招くことになってしまうかもしれない。
でも、関わってもダメで、関わらなくてもダメで。
ただそこに、私がいただけで、全てが台無しになってしまうのだとしたら。
そんなの、どうやったって……。
「……いっそ私が、私じゃない人だったらよかったのに」
真っ暗な寝室に、そんな益体《やくたい》もない独り言が響く。
——。

——……?

「私が、私じゃなければいい——」

——ああ。

そうだ。もしかして。


何をするにしても、全力は出さなくて。

適度に手を抜いて、たまに諦めて、よくない選択もして。

目立たず、主張せず、リーダーになんて絶対ならないで。

仲良しグループになんて属さず、だれとでも同じ距離感で接して、あってもなくてもどちらでもいい人間関係の中にだけ身を置く。

まして、一番の親友、なんて——絶対に、作らない。


最善を選ばない。

理想を目指さない。

自分を、貫かない。

――そうだ。

普通の人たちは、普通じゃない理想《わたし》だから、受け入れられない。

つまり。

みんなが、笑うためには――。

「私が――〝普通〟に、なればいいんだ」

なんだ……。

簡単なことじゃん。

たったそれだけで、みんなが笑えるようになるのだとしたら。

みんなが、私のせいで、不幸になることはないのだとしたら――。

「そうしない理由は……ない、よね」

進学先に選んだ高校は、峡国西高校《きょうごくにし》という名前の学校だった。

理由は単純に、家から近くて一番偏差値が近かったから。元々土地勘のない場所だし、どの学校がいいとか、全然わからなかったというのもある。

どのみち、やることは変わらない。

ただ〝普通〟の学校生活を送るだけなら、どこでも一緒だと思った。

――そして今日は、その峡国西高校の入試の日。

私は試験会場に割り当てられた教室で、解き終わった解答用紙を眺めている。

一時期勉強ばかりしていたせいか、迷わずに解けてしまった。たぶん、結構いい得点が狙《ねら》えるんじゃないかと思う。

てことは……これじゃ〝普通〟にはなれない、よね？

今までのノリで全科目1位とかやってしまうと〝普通〟じゃなくなってしまう。そこはどうにか、試験に落ちない程度に得点を調整しないと。

えっと、それじゃあ……国語の点数だけいい、って感じにしておこうかな。

これならクラス選択で私学文系志望にしても違和感はないし、高習熟度クラスに入らない理由付けにもなる。

そう決めて、私は適度に解答を書き換えながら余った時間を潰《つぶ》す。


時は過ぎ——本日最後の科目、その終了間際のこと。

不意に、ころころ、と。机の前の床を、消しゴムが転がっていった。

「〜〜〜!」

続けて、右隣の席から声にならない悲鳴の気配。

ありゃ……滑って落としちゃったのかな?

ちら、と横目に様子を窺《うかが》う。

隣の席の女の子はかなり焦っているようで、予備の消しゴムを出したり、試験官の先生を呼ぶ気配もない。ただしきりに、その目を時計と答案との間でいったりきたりさせている。

もうちょっと落ち着けば——ううん、違うか。入試のために必死なんだもんね、焦るのは当たり前だ。

同時に、そんな子の横であえて手を抜くなんてことをやっている自分が後ろめたくって、なんとか手助けできないかと考える。

——この場で手助けするのは、果たして〝普通〟か?

が、すぐにそんな声が頭をよぎり、きゅっと唇を噛《か》んだ。

こういう時『自分は無関係だ』って放っておくのが〝普通〟、なのかな。

そう思い、知らず筆箱に伸びていた手を引っ込めようとして、ふと気づく。

ううん……でも、ちょっと待って。

この場限りでおしまいになる関係なら、たとえ私が何をしたとしても、これからの不幸《トラブル》に巻き込むことはないんじゃ……？

相手が顔見知りじゃなくて、これからも顔見知りになる予定がないのなら、何をしたって構わないんじゃ？

それなら――。

ちょっとくらい。手助けしても、いいよね……？

そして私は、すぐさま予備にと用意しておいた消しゴムを取り出す。

そのまま渡してもよかったけど、それじゃ気持ちを落ち着けるには足りないかなと、サインペンでメッセージを記した。

『落ちついて、まだ大丈夫』

……うん、これくらいなら。

ちらと周りに目をやって、巡回の先生が後ろを向いていることを確認してからぽんとその子の机に放り投げる。

その子は驚いた顔でこちらを見たが、私は下を向いたまま、ちょんちょん消しゴムを指差す。

それでやっとメッセージに気づいたようで、その子はこくこくと頷《うなず》いてからゆっくり答案用紙に向き直した。

……よかった。これで冷静になれたかな。

どうか間に合いますように。


——それから10分くらいして、試験終了の放送が流れる。

一気に弛緩《しかん》した空気の教室で、私は手早く片付けを済ませた。

さて……顔を覚えられちゃったら意味がない。話しかけられたりしないうちに、さっさと退散しなきゃ。

私はその子がこちらを見ていない隙に静かに立ち上がると、後ろのドアから教室を出た。

よし、これでＯＫ。

ほっと安堵《あんど》の息を漏らしてから歩き出し、突き当たりの階段を目指す。

あ、でも消しゴム貸したままだったっけ？　まぁ、別にそれくらいどっちでもいっか……。

そんなことを思いながら、前の扉の横を通りがかり。

無意識に、教室の方を見てしまって——。

その子と、目が合った。

あ――。

笑って、くれてる……？

晴々とした顔で、優しく微笑《ほほえ》む、その顔が。

すごく……すごく、素敵に見えて。

じわり、とあたたかな気持ちが、胸に迫ってきて。

つい――私も。

笑って、手を振り返してしまった。

――ダメだ、これ以上は。

すぐにそう思い直すと、さっと顔を逸《そ》らして、その場を走って離れる。

急いで階段を下りて、靴を履いて、校門を出て――そこでやっと、一息ついた。

「はぁ……危なかった……」

こういう咄嗟《とっさ》の時は、つい素で反応しちゃうな……もうちょっと意識的にコントロールできるようにしていかなきゃ。

私は「ふぅー……」と大きく息を吐いて、気を引き締めなおす。

でも――。

久しぶりに、何も考えずに笑えたなぁ……。

◆

それから、合格発表。

多目的ホール（白虎会館《びゃっこ》というらしい）の掲示板に貼《は》り出された番号を前に、喜び浮かれる生徒たちを微笑《ほほえ》ましく思いながら、私は自分の番号を確認した。

あの子は、受かったのかな……。

番号は知らないし、ざっと見た感じ周りにはいなそうだったから、結果は入学するまでわからない。

どのみち、話しかけられても他人のフリをする予定だし、もう無関係……なんだけどね。

私は今度こそミスをしないように気をつけながら、入学資料を受けとって帰途につく。

途中、校門前で「生徒会の方から来た」っていう男子生徒（ネクタイが赤かったから、たぶん先輩になる人）にクラス希望の出口調査アンケートに回答を求められた。

「新入生 意識調査アンケート」
質問1：出身中学は？
質問2：進路希望は？
質問3：興味のある部活は？
質問4：興味のある行事は？

何かの勧誘じゃないかと一瞬身構えたけど、無記名だし他の人にも聞いてるっぽかったから、たぶん生徒会活動の一環なんだろう。一人で大変そうだったので、協力することにした。

とにかく、これで無事に、高校入学は決まった。

これからは本腰を入れて〝普通〟の自分として頑張らないと。

そうすれば、きっと……。

新しく仲間になるみんなは、いつまでも笑っていられるはずだから。

◆

希望した通り、クラスは私立文系大学志望《シリクラ》の４組に決まった。

今は、入学式の式典後。これから各クラスに集まって、新入生オリエンテーションだ。

どこかそわそわとした空気の中、私は４組の教室の前で足を止め、小さく息を整える。

入り口の向こうに見えるクラスメイトたちは、みんな落ち着かない様子で、暫定的に指定された座席に座っていた。

転校慣れしてる私も、今回はいつもとかなり勝手が違うから、流石《さすが》に緊張していた。

――だれにでも愛想よく、その人の性質に合わせた対応はするけど、踏み込ませすぎない。

話す相手、一緒にいる相手は、偏りのないよう日々ランダムで変えていく。

話すときは、基本自分のことは語らずに。質問されたことで困ったら「なんとなく」で返す。

固定メンバーと認識されるようなグループは作らないし、入らない。どこでだれといてもおかしくないけど、どこかにしかいないとは思わせない。

髪型は一番無難なボブカットにして、メイクとヘアアレンジは最小限。制服の着こなしは外しすぎず整えすぎずの中間で。

もっと野暮ったくすることもできたけど、見た目ばかりは隠すにしても限界がある。だから逆に、早くに見慣れてもらうようにして、日常の風景にしてしまう。併せて、魅力に思われる部分を打ち消す印象を与えて、最終的にフラットな評価に落ち着ける。

――うん、よし。

もう一度〝普通〟の自分の在り方を確認してから、私は教室の中へと一歩踏み出した。

一瞬、みんなの目線が一斉にこちらを向いたけど、気づかない顔で自分の席へと進む。

「おおーっ、めっちゃかわいーな、って思ってた子だ！」

私が席に着くなり、近くに座っていたスポーツマンっぽい短髪の男の子が話しかけてきた。

早速か――と警戒を強めつつ、にこり、と表情を笑みの形に作り替える。

「あはは、初めまして。えっと――」

「あ、俺、常葉英治《ときわえいじ》ね！　篠南《しのなみ》中出身！」

その男子――常葉《ときわ》くんは、そう言って人好きのする顔で柔らかく笑った。

「そっちはー？」

「私は清里芽衣《きよさとめい》。出身は……えーと、実は県外の学校なの」

言ったところでわからないとは思うけど、念のためぼかして答える。

すると常葉くんは、大きな目を爛々《らんらん》と輝かせた。

「おー、転校生だー！　すげー、街の方の高校ってそういうのもあるんだなー」

「あはは、そんな感じ。これからよろしくね」

「よろしくー！　慣れるまで大変だろうし、困ったらなんでも頼ってねー」

ゆったりと安心する声音でそう言われ、自然と心が柔らかくなった。

――すごいナチュラルに気遣いのできる人、なんだな。

直感的にそう感じて、私はくすりと笑う。

そう……全然性格は違うけど、その優しさとか純粋さは、まるでゾムく――。

「っと、ごめん。ちょっと席外すね」

「ん、いってらっしゃーい」

……。

……仲良くなりすぎないように、気をつけないと。

私は立ち上がり、再び入り口へと向かう。

別に用事があるわけじゃないけど、ああ言った手前ここに残るのも変だ。お手洗いにでも行って時間を潰《つぶ》そう。

「──あ、ごめんね」

「……」

と、入り口で、出会い頭に人とぶつかりそうになった。

なんとか立ち止まってから見上げると、すらっと身長の高い男子がいた。すごく顔立ちが整っていて、制服の着こなしも初日から洗練されてる感じだ。

「あはは、えっと……同じクラスの人、かな？」

「──」

ひとまず当たり障りなくそう尋ねると、その人は黙ったまま目線をこちらに向けてきた。

──ちょっと、怖い、い、目、だな。

なんだか中身まで見透かされてるような、そんな鋭さを感じさせる視線。

直感的に、この人はできる側の人じゃないか、とそう判断した。

「私、清里芽衣。君は？」

「……鳥沢翔《とりさわかける》」

警戒を強めつつ名乗りを上げると、ぶっきらぼうに返事が返ってきた。一応、反応はしてくれるみたい。

「鳥沢《とりさわ》くんだね。これからよろしくね！」

私がにこり、と笑いながらそう言うと、鳥沢くんは「ふん」と鼻を鳴らした。

「まぁ、そっちがマジでよろしくするつもりがあるならな」

「……あはは、もちろんよろしくだよー」

うん……やっぱり、怖いな。

私はその横をすり抜けて、足早にその場を離れる。

そして物陰に身を隠してから振り返り、遠目に様子を窺《うかが》う。

鳥沢くんはさして気にした風もなく教室に入ると、初めてのクラスとは思えないくらい堂々と自分の席につき、机に突っ伏した。

あの落ち着きようといい、鋭さといい。まるで、大森《おおもり》く――。

……。

迂闊《うかつ》に近付くのは……絶対に、やめよう。

私は「はぁ」と息を吐いて、パンパン顔を叩《たた》いた。


――頑張らなきゃ。

絶対に、今度こそ。みんなを、不幸な目に遭わせるわけにはいかないんだから。

◆

「みなさん、入学おめでとうございます。担任を務めることになりました、十島京子《とおしまきようこ》です」

しばらくして、担任の先生による説明が始まった。

学校の決まり事、購買や学食の使い方、時間割などなど、配られた資料を元に話は進む。

途中の自己紹介では、事前に考えておいた当たり障りのない〝普通〟のもので乗り切った。

早く名前を覚えてもらおうとかみんなの緊張を解《ほぐ》そうとか、そういう目的は一切なしだ。

「――では、続けてクラス委員長を決めたいと思います。だれか立候補する人はいますかぁ？」

十島先生がクラスを見回しながらそう尋ねた。

……委員長、か。高校生活のスタート直後、しかも見知らぬ人ばかりのクラスで、手を挙げる人はいないだろうなぁ……。

きっとクジや指名で決まることになるだろうから、なんとか回避する方法を――。

「はい！」

――え？

予想外の返事に驚いて、声の方向を見やる。

三つ隣の席で、意気揚々と手を挙げる男子。

彼は、確か――。

「長坂耕平君、ですか」

十島《とおしま》先生が名簿を見ながらそう呟《つぶや》く。

その男子――長坂《ながさか》くんは、目を輝かせながらハキハキと答えた。

「はい、長坂です！　やりたいって人が他にいないなら、是非やらせてください！」

積極的……だな。

さっきの自己紹介の時もそうだったけど、彼は一人だけすごくキラキラしてた。もう高校生活が楽しみで仕方がない、って感じに。

それだけなら微笑《ほほえ》ましく思うだけなんだけど――。

私はぴしっと手を挙げたままの長坂くんをよくよく観察する。

見た目は――うん、良くも悪くも特徴がないっていうか、単にさっぱりとした人、って印象かな。直接話したわけじゃないし性格とかはわからないけど、少なくとも常葉《ときわ》くんや鳥沢《とりさわ》くんのように、これといった個性は感じられない。

つまりは、そう。

彼こそまさに、普通の人、ってイメージにぴったりの人だった。

でもだからこそ、どうしてここで立候補？　って違和感はあるよね……。

私がそんなことを考えていると、十島先生が続けて口を開く。

「……大丈夫ですか？　思ってるより大変かもしれませんよ」

そう念押しするように尋ねる十島先生は、なぜだか若干困惑顔だった。

あれ……なんだろう？　そこまで気遣うようなことかな？

私が首を傾《かし》げていると、長坂くんはこくんとはっきり頷《うなず》いて自信満々に答える。

「もちろん大丈夫です。やらせてください」

「……わかりました。なら委員長は長坂君ということで、賛成の人は拍手をお願いします」

パチパチパチ、とクラス中から拍手の音が響く。祝福してるってより、面倒ごとを引き受けてくれてラッキー、みたいな空気かな。

それにしても、さっきからちょいちょい引っかかるな……なんでだろう。

私が違和感の答えを見出《みい》だす前に、話はどんどん先に進んでいく。

「では委員長。席替えについて、前に出て話を進めてください」

「はい！」

長坂くんは意気揚々と前に出て、壇上に立つ。

それからぐるりとクラス全体を見回して、満を辞して、という顔で話し始める。

「えー。ただいま、委員長に任命されました。長坂耕平《こうへい》でございます。えー、ワタクシ、生まれは斜行エレベーターで有名な、東のニュータウン出身でございまして、田舎者ゆえ無作法もあるかと存じますが、何卒お引き立てのほど、どうぞよろしく、お願いします」

と、なぜだかいきなり演説風な自己紹介を始め、クラス中がシンと静まり返った。

……ウケ狙《ねら》いのつもりかな。あれ。

「……こほん。とまぁ、冗談はさておき」

失敗したとばかりに頬《ほお》を赤らめつつ、長坂《ながさか》くんは咳払《せきばら》いをしてから仕切り直す。

「早速ですが、これから前期を過ごす席順を決めたいと思います。目が悪くて前の方がいいとか、そういう事情がなければクジで決めようと思いますが、いいですか？」

クラスメイトから反論は出ない。

それを確認して、長坂くんはこくんと頷《うなず》いた。

「それじゃあ、今から黒板にあみだクジを書きます。出席番号順に前に出てもらって、名前と一緒にどこかに一本横線を引いてください」

そう言って、テキパキと黒板に縦の線を40本引き、その下に番号を順に振っていく。

すごい手際がいいな……実はこの手の仕事に慣れてるのかな。

もしくは、こうなることを見越して準備してきた……とか？　流石《さすが》にそれはないか……。

「じゃあ1番の人から順番にどうぞー」

その掛け声とともに、ぞろぞろとクラスメイトたちが前に出て名前を書いていく。

私も名前と一緒に適当なところに一本線を引いて、ぱんぱんとチョークのついた手を払った。

「協力ありがとう」

「あ、ううん」

ふと長坂くんに声をかけられたので、反射的に笑って返す。

……あれ？

近くでその顔を見たら、なんとなく見覚えがある気がした。

もしかして、どこかで行き違ったりしたかな……？

「それじゃ次の人ー」

と、長坂くんが順番を進めてしまったので、私は邪魔にならないように席に戻る。

しばらくして、全員が名前を書き終わったところで。

「それじゃ、最後にランダムに線入れていきますねー」

長坂くんは、左の方からカシカシとチョークでいくつか線を引き、最後の一本を引き終えたところで「……よし」と小さく声を漏らした。

「――はい。じゃあ、一番の席から順に読み上げてくので、名前を呼ばれた人から移動してってください。えーと、まずは穴山《あなやま》駿《しゅん》君――」

ざわざわとみんなが移動を開始する。

私は19番で、ちょうど教室の中央あたりの席になった。

本当はもっと目立ちにくいところがよかったんだけど……これぱっかりは仕方ないな。

えっと、それで隣の人は――。

「次は27番……あ、僕ですね。じゃあ次の28番は――」

――長坂くんが隣、ね。

その結果に、なぜか私はまた違和感を抱いたのだった。

◆

それから数日は、健康診断や教科書類の受け取り、体育館に集まっての部活オリエンテーションといった予定を消化。そしてやっと今日から通常授業開始、という流れだった。

放課後、私はテニス部の入部初日を終え、校門へと向かっていた。

峡西《きょうにし》のテニス部はさほど強くないらしく、全中の結果を伝えたらすごく驚かれた。ただ「怪我のせいで全盛期の力は出せない」と嘘《うそ》をついたから、頼られることはないだろう。

そのせいですごく同情されちゃって心が痛かったけど、〝普通〟を貫くにはやむを得ない。

結果的にこうした方がみんなのためになるんだし、この手の痛みは甘んじて受け入れなきゃ。

私はラケットを背負い直し、バス停へと歩く。

と、そこで――。

「あれ、清里《きよさと》さん？」

見れば、目的地のバス停に、長坂《ながさか》くんの姿があった。

「奇遇だね。もしかして、清里さんってバス通学？」

手に持っていた文庫本をパタンと閉じて、爽《さわ》やかに笑いながら尋ねてくる長坂くん。

……うーん、なんだろう。やっぱり、もにょっとするな。

別に特別なことは何もないはずなんだけど……彼を見ると、妙に落ち着かないんだよね。

それに座席の件のいい、この数日だけでやけに接点が多い気がする。過剰とまでは言えないけど、偶然にしてはできすぎな気がするというか。

私は戸惑いながらも、そんな様子はおくびにも出さずに笑って対応する。

「あはは、お疲れさま。長坂くんもバスなんだ？」

「あー、俺は一時的にね。実は、通学に使ってる自転車が壊れちゃってさ」

頬《ほお》を掻《か》きながら困ったように言う長坂くん。

それは嘘……じゃないかな。

私は直感でそう判断し、不信感を強めた。

――ここで嘘をつくのはなんでだろう。

バス通学してることの理由づけ……とか？　怪しまれたらマズイことでもあるんだろうか。

となると——自意識過剰かもだけど、私に近付く口実、じゃないよね？

……ちょっと、探りを入れてみようかな。

こうして二人で話すのは初めてだけど、いい機会かもしれない。色々反応をみて、違和感の正体を確かめてみよう。やりすぎて変に思われないようにだけ注意だ。

私はそう決めて、笑顔を作ってから続けた。

「おぉ、それは災難だ。バスでどこまで行くの？」

「駅までだよ。そこから電車通学だから」

「へー……あれ、でも駅って学校からそんな遠くないよね？　わざわざバスはお金がもったいなくない？」

そう軽くジャブを打つ。

最寄り駅までは徒歩15分くらい。みんな無料駐輪場があるから自転車で来ているだけで、歩きでも支障があるわけじゃない。その中であえてバスを選ぶには理由が必要だ。

もしその理由が不自然、ないし、答えられないようなら、きっとその裏にはなにか後ろめたいものがあるはず。

そう思って私が注意深く観察していると、長坂《ながさか》くんは苦笑いで続けた。

「それ、都会の人の発想だね。こっちだと徒歩って基本選択肢に入らないんだよね」

「え……そうなの？」

予想外の回答に、私は目を瞬《またた》かせる。

「みんな乗り物使った移動に慣れてるからさ。歩いて5分のコンビニでも車で行ったりするよ」

「そ、そうなんだ」

嘘《うそ》は……言ってないな。そっか、田舎だとそんな文化なんだ……。

「それにほら、歩きだと本が読めないからね」

ちら、と今読んでいた本を掲げて見せられた。

ふと見えた背表紙で、それがかつて私の好きだった作家の小説だと気づく。

「……本、好きなの？」

無意識に尋ねてしまって、はっと我に返った。

いけない、素で聞いちゃった。これじゃただの雑談だ。

でも……一応、続けて聞いてみようか。また変なとこで嘘をつくかもしれないし。

長坂くんは笑って答える。

「まぁ、それなりにね。と言っても、普段はこの手の文芸レーベルは全然なんだけど。この著者の本で別のシリーズ追っかけてるから、その流れ」

知ってる？　とタイトルを言われ、私は首を横に振る。

そんなシリーズあったっけ……棚で見たことないんだけどな。ただこれも、嘘を言ってる感じはないよね……。

長坂《ながさか》くんは苦笑してから続けた。

「まぁラノベレーベルだからね。見た目ほど軽くはないけど」

ああ、だからか。そっちは専門外だ。

「そうなんだね。私、エンタメ系の本て、ほとんど読まないから」

「へぇ……でもどっちかっていうと推理要素とか、知能戦の方がメインだよ?」

「あ、ほんとに?　なら興味あるかも！」

「今度貸そうか?　持ってくるよ」

「え、いいの?　ならお返しに私の方も――」

……って、だからダメだってば。

また盛り上がってしまった自分を心中で戒めながら、ふぅと密かに息を吐く。

でも、ちゃんと読んでる人の話しぶりだよね。本好き、っていうのも嘘《うそ》じゃなさそう。

それに応対の仕方も話し方も、特段おかしなところはない。他の大多数の男子みたいにあからさまに親しくしようとしてきたり、がっついた様子もない。

何かが変に感じたけど……勘違いなのかなぁ。私が過敏になりすぎなのかも。

そもそも、周りのみんながどうこうってことよりも、私自身が〝普通〟に見えるかどうかの方が大事なんだから、それをはき違えちゃダメだ。

むしろこの接点を利用して、その認識を強めるように働きかける方がいい。だとしたら趣味の話みたいな、当たり障りのない会話はうってつけだ。

……うん。そっちの方向でやってみよう。

そう私が判断したタイミングでバスが到着し、二人して車内に乗り込んだ。

——それから駅までの道中、私たちはずっと本の話をして過ごした。

長坂くんの口ぶりは自然そのもので、私が再び違和感を覚えることはなかった。

◆

それからは、全てが順調に推移した。

クラスメイトや部活仲間との関係は良好で、だれとでも会話はできるが特定の人と仲がいいわけではない、という立場をキープできている。

主に見た目の部分で特別扱いされてる感じは残ってるけど、徐々に魅力を外す行動を入れ込むようにしてるから、今は我慢だ。目標はいてもいなくてもどちらでもいい、空気のような存在だから、そこに行き着けるまでは気を抜かずに頑張ろう。

常葉《ときわ》くんや鳥沢《とりさわ》くんは、今でも接し方に迷うことはあるけど……少なくとも現時点で、向こうからこれといったアプローチは受けていない。二人とも受け身なタイプのようで、こちらから何もしなければこれ以上のことは起こらなそうだ。

そして——長坂《ながさか》くんだけど。

彼はさわやかで落ち着いている時もあれば、反応が芝居がかって大げさになったり、きっちり真面目に振る舞う時もあれば、急にお笑い系の言動をとったりと、チグハグなところのある人だった。

ただ私だけじゃなくて他のクラスメイトにも同じ感じだったから、高校入学で舞い上がってて我を失っていると考えれば、そうおかしなことじゃない。一人も友達がいない学校への入学、っていうのも影響してそうだった。

それに、最初のころに感じていた違和感や嘘《うそ》の気配はあれ以降感じないし、私への接し方が大きく変わることもなかった。

だからやっぱりあれは、私が過敏になっていただけ、ということなんだろう。


——これなら、きっと。

これならきっと、今度こそ。

全部、うまくいく。


これ以上なんて、絶対に求めずに。

ただただ今の自分を保ち続けて、今の関係を維持し続けて。

可もなく不可もなく、それなりの高校生活を、ただ消化していく。

そうすれば――。

だれ一人、笑えなくなるような、最悪の結末は回避できる。

みんなで、ずっと笑って、いられるはずなんだ。

そう。

やっぱり、これが。

この現実で。

私が選んでいい、たった一つの正解、だったんだ。

――だと、思ったのに。

「な、んで……？」

――唐突に。

本当に、何の、前触れもなく。

私が――長坂くん《かれ》に感じていた、違和感が。

最悪の形《ラブレター》になって、私の下駄箱に現れた。

……。

……そんな兆候、なかったはずだ。

そんな不自然な動きを、するわけなかったはずだ。

なのに、どうして。

どうして――。

よりにもよって。

「告白なんて、しようと、するの……？」

かつての記憶が、蘇《よみがえ》る。
告白から始まった、始まってしまった、あの最低最悪の現実が思い出され。
ゾワリ、と全身悪寒が走って。
私は衝動的に――。
手紙を、隣の下駄箱に放り込んで、その場から逃げ出した。

――どうして。どうして。

走って、走って、バス停も通り越して。
ただがむしゃらに、河川敷を走り続ける。
私は、何も、間違えなかった。
今度こそ順調に、全て順調に、進んでいたはずなのに。

「どうして、長坂《ながさか》くんっ……！」

――あの人は。

あの人はっ……！

「なんでこんなっ……！　普通じゃないこと、するんだよぉ――――っ！」

――どうしても。

清里芽衣《わたし》の、現実は。

みんなの笑顔《ハッピーエンド》に、辿りつかせてくれないの――？

◆

……それからの長坂くんの行動は、顕著に〝普通〟から逸脱し始めた。

よりにもよって、常葉《ときわ》くんと鳥沢《とりさわ》くんと同じグループを作られて。せっかく集団に属さずにいられたのに、他のグループとの接近を余儀なくされた。

さらには不用意にあゆみを刺激して、クラスのみんなまで巻き込んで、最悪の状況一歩手前にまで追い込まれた。

そこで、私は確信する。

彼は〝普通〟に見せかけた顔の裏に、普通じゃない何かを持っていると。

彼はきっと、普通の人には害悪でしかない理想を、その身に抱いていると。

そう――。

まるで、かつての私のように。

「……唯一の正解は、私が〝普通〟でいること」

それだけじゃ、足りない。

それだけじゃ、足りなかった。

だから。
「唯一の正解は――すべてを〝普通〟に収めること」

そうだ。
私だけじゃ、ダメだ。

かつての私のように。
理想を求めて普通を蔑ろにする人も全て、普通に落とし込むしかない。

「長坂《ながさか》くん――」

迂遠《うえん》な警告では、彼に届かなかった。
ならもう――。
私の辿ってきた過去《しっぱい》を教えることで、理解してもらうしかない。
来るべき未来像《しっぱい》を見せつけることで、彼に諦めてもらうしかない。

そして、それしかないのなら――。
やらない理由は、ない。

「かつての私《きみ》は……私の、敵だ。
こんな、理想《げんじつ》――私は、絶対に認めない」

エピローグ

現実でラブコメできないと〝みんな〟が決めた

Who decided that I can't do romantic comedy in reality?

——動悸《どうき》が、止まらない。


夜闇《よるやみ》に包まれつつある屋上で。

俺は、痛みまで伴い始めた胸を押さえながら、倉庫の壁にもたれかかる。


「——これでわかってくれたかな。普通じゃない君がどこに行き着くか、ってことを」

ずっと耳に響いていた〝メインヒロイン《清里さん》〟の声は、もはや遠く。

今はただ〝ラブコメ《おれ》〟を打ち砕く現実の代弁者として、その言葉を投げつけてくる。

「君が、どんな理想を目指してるのかは知らない。ただもし——」

こつん、と。足音が一歩遠のく。

「まるで、青春小説《つくりばなし》のような、みんなの笑顔に満ちた理想《げんじつ》を求めてるのだとしたら。そのために普通じゃないことをしてるのだとしたら……その先に待ってるのは〝最悪の結末《バッドエンド》〟だよ」

こつん、と。また一歩。

「だってね。君の周りにいる〝普通の人たち《みんな》〟はそんな理想、求めてないの」

こつん。

「頑張り続けなきゃ手に入らない理想なんていらない。自分に無関係な理想は見たくない」

こつん。

「そこそこ、それなりの毎日の中で『現実ってこんなものだよね』って嘯《うそぶ》きながら過ごすしか〝普通の人たち《みんな》〟と笑って過ごせる方法なんてないんだよ」

こつん。

「それを無視して、理想に巻き込もうとする人に〝普通の人たち《みんな》〟は、必ず牙を剝く」

こつん――。

清里《きよさと》さんは、立ち止まり。

「そして、君の一番近くにいる彩乃はね――普通の子、なんだよ。みーちゃんと一緒で」

――あ。

「上からどんなに理想を貼り付けたって結局は普通の人、なんだよ」

悪寒が走る。

「頑張って頑張って、でもずっと理想通りではいられなくて、理想と現実の間でぐっちゃになって——」

目がチカチカする。

「そんな苦しみを……長坂《ながさか》くんは〝幼馴染《彩乃》〟に味合わせるつもりなの？」

息が、できない。

「今ならまだ、最悪の最悪にまではいかなくて済む。ギリギリ、引き返せる。だからもうここで、理想を求めるのは諦めて。そう——」

そして——。

俺の〝ラブコメ《理想》〟の〝メインヒロイン〟だった人は。

「彩乃を、裏切らせる前に、ね——」

最後に、そんな言葉《ばくだん》を残して。

俺の前から、去っていった。

◆

――ラブコメの世界。
それは、青少年の夢と希望をありったけ詰め込んだ、最高の理想郷である。

――。
――……本当に？
本当に、そうか？

みんな――。
ラブコメが、現実と地続きの理想像だなんて、これっぽっちも思ってないんじゃないか？

ラブコメは、どこまでいっても単なる夢物語で。
自分とはまるで関係のない、ただ二次元の中にだけある、妄想の産物で。
その尊さも、その素晴らしさも。
全て、全て、嘘《うそ》っぱちの偽物でしかなくて。
そんなものを自分だって手に入れたい、だなんて思うのは。
手に入れるために全力で頑張るんだ、なんて思うのは。

ただはた迷惑なだけの、普通じゃないこと、なんじゃないか？

だから——。
どれだけ情報を集めようが、準備を整えようが。
どれだけ〝登場人物〟を探し出そうが、〝イベント〟を組もうが。
どれだけ俺が、自分を貫こうが。
……いや。
俺が、自分を貫けば貫くほど。
俺が目指した〝ハッピーエンド〟は、遠ざかるばかり——なんじゃないか？

「……そもそも、さ」

〝メインヒロイン〟がいない、理想《ラブコメ》なんて。
〝メインヒロイン〟が、理想《ラブコメ》じゃ絶対に救えない話なんて。

「そんなの、ラブコメって、言えないだろ……？」

絶対に〝ハッピーエンド〟にならないのが現実のラブコメ。

そして。

「ああ……」

一番、近くにいる人を——。

不幸にするしかないのが、現実のラブコメだというのなら。

——そんなものは。

「実現していい、理想《モノ》じゃない——」

「耕平《こうへい》、やっと見つけた……」

私は真っ暗闇《くらやみ》の屋上で、ぼうっと遠くの空を眺めていた耕平に声をかけた。

「……あのさ。イレギュラーで大変なのはわかるけど、せめて連絡くらい返してよ」

一息ついてから、そう恨めしげに伝える。

——あの選挙結果を聞いた後、私は即座に耕平にメッセージを送った。

ただ一向に返事がないから、またポンコツになっているのかと直接4組の教室に顔を出したのだ。

そうしたら常葉君が『スマホの電池が切れた。後で連絡する』という言伝《ことづて》を教えてくれて、それならいいかとしばらく放置していたけど、それにしても反応が遅いから、こうして捜しにきたのだった。

それにしても、ここのところ〝主犯〟の捜索ばかりしてる気がするな……。警察から逃げるならともかく〝共犯者〟から逃げてどうするんだか。

私はため息をついてから続ける。

「どうせすぐに行動できないだろうから、先に色々調べといた。職員室で聞いたんだけど、今回の選挙、あまりにイレギュラーだからやり直しするんだって。校則に投票率の取り扱いについての規定が漏れてたから、とかで」

「……」

「塩崎《しおざき》先輩とも話した。流石《さすが》に戸惑ってはいたけど、ショックを受けてるって感じはなかったかな。今はやり直し選挙について対策を練ってる」

「……」

「あと、これは別件だけど。大月《おおつき》さんが音楽祭の件でトラブルに巻き込まれちゃったみたいで、日野春《ひのはる》先輩がサポートに入るって。RINE《ライン》に『この程度じゃ挫《くじ》けません！』ってノリのメッセージが届いてると思うけど、見た？」

「……」

「ちょっと耕平……」

まるで反応がない耕平に、私は戸惑いを深める。

もしかして……また落ち込んでるんだろうか。

あれだけ頑張ってまた失敗したから、自信喪失してるんだろうか。

それなら——。

私は再び、一歩前に出る。

そして、この手を。

また、その背に伸ばして――。

「――っ、俺に近づくな！」

――指先が、触れたところで。

そう遮《さえぎ》られ、止まった。


「えっ……？」

驚いて、思わず手を引っ込める。

「あ、いや……すまん……」

びくり、と体を震わせて。

やっと振り向いた、その顔は。

別人と見間違えたかと思うほど、いつもの印象とかけ離れた、弱々しい表情《かお》。

「耕《こう》……平《へい》……？」

「……っ」

私を見るその目は、どこか怯《おび》えたようで。

すぐにぱっと顔を背けると、出口に向けて走り出した。

「ちょ、ちょっと耕平！　いったい何が――」

「お、追いかけてくるな！　しばらく放っておいてくれ！」

「はっ……？」

私は思わず聞き返す。

「いや、ほっとけって、それじゃ〝計画〟は――」

「……っ！」

私の、その問いかけに。

耕平は、振り返らずに。


「――中止だ！」


――おおよそ、耕平の口から、出るはずのない言葉を置き去りに。

この場所《おくじょう》から、走り去った。

「……え？」

私は――。
その背を、追いかけることが、できないままに。
ただ一人、屋上に取り残された。

「中……止……？」

ぽつり、と。
口から漏れ出た、その呟《つぶや》きは――。
夜闇《よるやみ》に吸い込まれるように、どこかへ消えていった。

――それから。
本当の本当に。
耕平《こうへい》からの連絡は、その一切が途絶えたままに。

高校生活初めての、夏休みに入る。

???

ルート分岐選択肢《ターニングポイント》

Who decided that I can't do romantic comedy in reality?

——カタン。

「おっと……」

タンスの上——ふと伸ばした腕が触って、飾っておいた写真立てが落ちてしまった。

あたしは屈んで、それを拾い上げる。

「割れてはいない、と……うわやば、埃《ほこり》すごっ」

普段触らないこともあって、その上には目に見えて埃が積もっている。

まー、そりゃそうか。中学卒業してから1年以上、飾ったままだったしな。

私は、ぱっぱっ、と軽く埃を払ってから、額縁の中の写真をまじまじと見る。

確か修学旅行だよねー、これ。知る人ぞ知るマル秘スポット、ってとこで撮ったやつだ。

「にしてもわっかいなー、あたし。あと何そのカッコ、気合い入れすぎだってば」

我が事ながら、テンション高い感じが伝わってきてめっちゃ痛々しい。クロレキシ、って言うんだっけ、こういうの。

でもまぁ……。

あの時は、確かにこんなノリだったっけ。

そしてふと、写真に映るある人に目が行った。

「そういえば……今はどうしてるかなー、長坂《ながさか》」

てかその名前口にしたのめっちゃ久々だな。一時期はしょっちゅう話してたのにね。

「噂《うわさ》じゃ峡西《きょうにし》に行ってるんだっけ。よくまぁ、こんな僻地《へきち》から盆地《あつち》まで行くことにしたよな、って」

まぁそりゃ気まずいんでしょうけど。なんせ同じとこ入ったら後輩、だしねー。

「うまくやってんのかなー。でも不器用だもんなー、あいつ」

地味な奴だったし、また孤立してそう。それ以前に浪人生ってだけでハブられそうだし。

……そう考えるとちょっとかわいそうだな。

「うん——そだな」

あたしは頷《うなず》いて、カレンダーを見る。

ちょうど、もうすぐ夏休みだし……いいタイミングかもしれないな。

「あの時は、手紙渡しただけで顔も見れなかったしね。

久しぶりに、会いに行ってみますか——」


（第四巻　了）

あとがき

イエーイ、山梨いいトコよっちゃばれ――――っ!!

というわけで、本編で山梨成分が著しく不足したせいで禁断症状な初鹿野です。山梨県民は定期的に鳥もつ（２０１０年Ｂ－１グルメ日本一）とワイン（生産量日本一）を接種しないとこうなります。ちなみに桃とぶどう（どちらも収穫量日本一）は基本買わないので値段を知らなかったりします。だってアレ、気づいたら家の裏口に置いてあるものでしょう？（田舎者特有のお裾《すそ》分けマウント）

さて、今回のあとがきは「あー山梨ってあれ、東北の方にあるとこでしょ？」くらい認知度の低い山梨を布教する前半と、ラブだめの制作裏話っぽい後半の二部構成でお送りします。特に後半ではちょっとだけ中身に踏み込んだ話をするので、あとがきを先読みする派の方はネタバレにご注意を。ナメクジ的には後半は読み終わってから見てほしいぞ。

ではさっそく山梨ネタから。読者の方から「山梨おすすめスポットは？」という質問を頂いたので、せっかくだしラブコメできそうなポイントに絞って答えちゃいます。

まず明野《あけの》のひまわり畑。夏になると一面がひまわり畑になるエリアがありまして、ラブコメ定番の〝麦わら帽子に白ワンピースイベント〟が堪能できます。あと近隣駐車場の売店で売ってるひまわりソフトクリームが香ばしくてクセになる味でオススメ。

ただちょっと交通が不便な場所にあるので、レンタカーとか自家用車が使えるならそっちの方が無難かも。路線バスもあるにはありますけどね。

あと学生のみなさんには、絶叫系テーマパーク界の王、富士急ハイランドがオススメ。数あるジェットコースターの中でもフジヤマが『始祖にして最強――』感あるので、ぜひ乗ってみてね。あと全体が透明な観覧車っていうのもあるので、これもスリルを味わいたい人にはよさげです。監獄ゴンドラとかいうさらにスリリングなのも始まるらしいぞ。

こちらは電車でも行きやすいです。なんせ『富士急ハイランド駅』とかいうそのまんまの駅が最寄りだからね。〝遊園地イベント〟にぜひどうぞ。

では後半、ラブだめ裏話です。繰り返しますが、ネタバレ注意です。

読了された方はもうお分かりだと思いますが、今巻は一つの山場です。そのため、いつもとは違う特殊な構成のお話になっています。どっちかっていうと外伝とかに近い作りですが、位置付け的にはまさに〝本編〟なので、3．5巻とはせず正式ナンバリングの4巻としてお届けすることにしました。

表紙もタイトルにラブコメ謳《うた》ってる作品とは思えない異形なものに仕上がりました。製作側も「これ……出してええんか……？」ってビビりましたが、それでもやっぱり本作の〝メインヒロイン〟を描くにはこれしかないと「やっちゃえ！」した次第です。喜んで（苦しんで？）貰《もら》えたら幸いです。てか椎名さんの表現の幅が広すぎて、ラフ頂いた時に変な笑い出たよ。

そして今巻で綺麗《きれい》さっぱり、我らが大馬鹿野郎がなんとかしてくれると思っていた方、本当にごめんなさい。〝現実〟の壁は単巻で乗り越えられるほど低くはありませんでした。いかんせん準備が足りなすぎるよ準備が……。

とはいえ今回のは不意打ちによる〝強制負けイベント〟のようなもの。それから修行したり仲間集めたり敵の弱点見つけたりして再戦するまでがテンプレ。きちんと決着はつけますので、どうぞ今後にご期待くださいませ。「バトル漫画かな？」ってツッコミはやめてあ、それと話の構造上パロディ要素がないように見えるかもですが、実はがっつり入れさせてもらってます。しかもかなりコアなのを。全部わかった人は僕と握手。

ではでは、最後に謝辞と告知を。

初稿の段階で「できればもう読みたくないですね……（震え声）」とツラい気分にさせてしまった担当編集の大米さん。「とりあえずキツかったです（苦笑）」とやっぱりツラい気分にさせてしまったイラストレーターの椎名くろさん。二人ともごめんね。でも後悔はしていない。

そしてカタケイ先生によるラブだめコミカライズ、月刊ビッグガンガン（毎月25日頃発売）にて好評連載中です！　動いてカワイイ彩乃《あやの》ちゃん、動くとキモい耕平《こうへい》の姿を刮目して見よ！

それではみなさん、次巻でまた！

～あとがき3P書けってなって無理じゃねと思ったけど、意外と書けちゃった、夏～

２０２１年９月

4巻発売
おめでとうございます!
コミカライズ版1巻は
11月発売予定です
よろしくお願い
いたします!
カタケイ

『現実でラブコメできないとだれが決めた？』
Who decided that I can't do romantic comedy in reality?
［作画］カタケイ
コミカライズ
コミックス第1巻
11月25日発売予定！
（スクウェア・エニックス刊）
CHECK
原作者
初鹿野 創
書き下ろしSS付き！
SO HAJIKANO PRESENTS

GAGAGA

ガガガ文庫

現実でラブコメできないとだれが決めた?4

初鹿野 創

発行 2021年9月22日 初版第1刷発行

発行人 鳥光 裕

編集人 星野博規

編集 大米 稔

発行所 株式会社小学館
〒101-8001 東京都千代田区一ツ橋2-3-1
[編集]03-3230-9343 [販売]03-5281-3556

カバー印刷 株式会社美松堂

印刷・製本 図書印刷株式会社

Printed in Japan ISBN978-4-09-453028-5

第16回小学館ライトノベル大賞
応募要項!!!!!!!!!!!!!!!!!!!!!!!!!!!!!!!

ゲスト審査員は磯 光雄氏!!!!!!!!!!!!!!

大賞：200万円＆デビュー確約
ガガガ賞：100万円＆デビュー確約
優秀賞：50万円＆デビュー確約
審査員特別賞：50万円＆デビュー確約

第一次審査通過者全員に、評価シート＆寸評をお送りします

内容 ビジュアルが付くことを意識した、エンターテインメント小説であること。ファンタジー、ミステリー、恋愛、ＳＦなどジャンルは不問。商業的に未発表作品であること。
（同人誌や営利目的でない個人のWEB上での作品掲載は可。その場合は同人誌名またはサイト名を明記のこと）

選考 ガガガ文庫編集部＋ゲスト審査員 磯 光雄

資格 プロ・アマ・年齢不問

原稿枚数 ワープロ原稿の規定書式【１枚に42字×34行、縦書きで印刷のこと】で、70〜150枚。
※手書き原稿での応募は不可。

応募方法 次の3点を番号順に重ね合わせ、右上をクリップ等(※紐は不可)で綴じて送ってください。
① 作品タイトル、原稿枚数、郵便番号、住所、氏名（本名、ペンネーム使用の場合はペンネームも併記）、年齢、略歴、電話番号の順に明記した紙
② 800字以内であらすじ
③ 応募作品（必ずページ順に番号をふること）

応募先 〒101-8001 東京都千代田区一ツ橋 2-3-1
小学館　第四コミック局 ライトノベル大賞係

Webでの応募 GAGAGA WIREの小学館ライトノベル大賞ページから専用の作品投稿フォームにアクセス、必要情報を入力の上、ご応募ください。
※データ形式は、テキスト(txt)、ワード(doc、docx)のみとなります。
※Webと郵送で同一作品の応募はしないようにしてください。
※同一回の応募において、改稿版を含め同じ作品は一度しか投稿できません。よく推敲の上、アップロードください。

締め切り 2021年9月末日（当日消印有効）
※Web投稿は日付変更までにアップロード完了。

発表 2022年3月刊『ガ報』、及びガガガ文庫公式WEBサイトGAGAGAWIREにて

注意 ○応募作品は返却致しません。○選考に関するお問い合わせには応じられません。○二重投稿作品はいっさい受け付けません。○受賞作品の出版権及び映像化、コミック化、ゲーム化などの二次使用権はすべて小学館に帰属します。別途、規定の印税をお支払いいたします。○応募された方の個人情報は、本大賞以外の目的に利用することはありません。○事故防止の観点から、追跡サービス等が可能な配送方法を利用されることをおすすめします。○作品を複数応募する場合は、一作品ごとに別々の封筒に入れてご応募ください。